KB237010

발톱을
보내며

엄현옥 제6집

수필과비평사

낙우송을 보며

천리포 수목원의 봄은 수목의 천국이었습니다. 꽃잎이 50장을 넘는다는 별목련은 시름없이 하얀 미소를 날렸고, 먼저 시든 백목련과 미처 벙글지 못한 황목련…. 세상의 모든 목련은 그곳에 있었습니다. 수선화 군락도 꽃 잔치의 절정을 이루었으나, 발길은 '수국원' 그곳에서 멈추고 말았습니다.

인공호인 '수국원'에는 호수에 발을 담근 낙우송 한 그루가 서 있었습니다. 북아메리카의 미시시피 강이나 나일 강변에 있어야 할 나무는 무성한 잎조차 매달지 못했습니다. 땅에서라면 호흡근이 왕성하게 번식했으련만 기근氣根이 물속에 잠긴 탓이었습니다. 수심에 뿌리를 내린 채 박차고 나가지 못하고 엉거주춤 서 있는 나무가 낯설지 않았습니다. 문학과 공생하며 그 어느 쪽에도 몰입하지 못한 내 모습이었기 때문입니다.

도공陶工은 땅으로 빚은 도기를 섭씨 800도의 가마에 넣어, 인고의 시간을 견딥니다. 가마를 개봉하는 순간, 자신이 원하는 도기가 나오지 않았다면 한순간 망치로 내치곤 합니다. 토기가 내뱉는 파열음은 자신을 향한 죽비소리가 아닐는지요.

현대수필가 100인선집 ≪작은 배≫를 발간한 이후, 여섯 번째 작품집 ≪발톱을 보내며≫를 상재합니다. 일상의 틈에서 건져낸 편린들은 조촐하지만, 쓰는 일의 외로움을 마다않고 은근한 불을 지핀 수필 가마였습니다. 도공의 예술혼을 따라잡지 못하고, 잠시 머물렀던 사유의 궤적을 가차 없이 버리지 못하는 어리석음을 또 다시 범하고 말았습니다. 누군가와 공감할 수 있기를 바라며 ≪발톱을 보내며≫를 세상에 내보냅니다.

2012년 어느 봄날에

엄 현 옥

제3부

틈

기본(Gibbon)의 기본基本

 '오늘은 뭘까?' 구경꾼들의 진지한 뒷모습에 이스트를 품은 밀가루처럼 호기심이 부풀어 올랐다. 지하철 신도림역 주변은 행인의 시선을 모으는 것이 최대목표인 양 이벤트가 잦았다. 퇴근 무렵이면 야외 광장에서도 공개 방송 녹화나 공연, 시음회 등이 열리곤 했다. 오늘은 지하 광장에서 백인 청년이 줄 위를 신명나게 걷고 있었다.

 '설마 줄타기가 구경거리는 아니겠지.' 줄타기라면 양떼구름 몇 장 널린 하늘 아래서나 어울리는 묘기다. 대님을 야무지게 친 명인이 부채질로 균형을 잡으며, 숨죽이는 관객을 발아래 두고 가볍게 줄을 희롱해야 제격일진대, 조명이 휘황한 지하 광장에서 이 무슨 객적은 놀음인가. 파격적인 눈요기를 기대했기에 다소 실망스러웠다. 발길

을 돌리려는데 ‘중력에서 자유로워지다.’라는 현수막의 생소한 용어
가 시선을 끌었다.

‘기본?’ 진행자는 놀이형 스포츠라는 ‘기본(Gibbon)’을 설명하며 안
내문도 배부했다. 그것의 유래는 독일 청년 로버트가 한국 유학생
친구와 남사당의 줄타기 동영상을 본 것이 발단이었다. 스노우보드
의 달인이었던 로버트는 두 가지를 접목시킨 새로운 놀이를 창안했
다. 도구라야 양쪽 기둥에 고정시킨 폭이 5㎝ 남짓한 편편한 노란
줄이 전부였다. 놀이의 명칭도 각角이 잡힌 독일어식 발음으로 ‘기본
(Gibbon)’이라니, 기본기 없이도 누구나 하라는 말인지, 기본부터 충실
하게 닦고 도전하라는 것인지…. 그렇다면 기본基本깨나 밝히는 놀이
인 모양이었다. 그때 파란 눈의 미녀가 고공 점프를 반복했다. 외국
인 선수들이 줄타기의 본향인 한국에서, 벌이는 퍼포먼스는 신종 묘
기 대행진이었다. 진행자는 체험자를 찾았다.

안내 문구에 현혹되었는지 오십 후반의 여인이 등장했다. 봉산탈
춤이라도 추는 듯 양팔을 움직이자 줄이 낭창거리며 흔들렸다. 정면
을 보고 걷는 모습에서 내공이 짐작되었다. 진행자의 팔에 의지하며
순간의 고비를 넘기더니 결국 성공했다. 회심의 미소를 지으며 받은
상품인 검은 티셔츠에는 기본(Gibbon)의 로고가 선명했다. 평범해 보
이는 그녀의 과업 달성으로, 군중의 분위기는 갑자기 활기에 넘쳤다.
특별한 기능 없이 해낼 만한 무언가를 발견한 것이 퇴근길 소시민들
에게 기쁨을 준 것일까.

“잠깐이니 체험해 보시죠?”

뜻밖에도 진행자가 지목한 사람은 나였다. 안내문과 그를 번갈아 보며 고개 몇 번 끄덕인 죄밖에 없는데…. ‘주여, 할 수만 있다면 이 잔을 제게서 거두어 가소서.’ 간절한 화살기도와 ‘피할 수 없다면 즐기라.’는 출처 불명의 잠언(?)이 내 안에서 심하게 충돌했다. 진행자가 드디어 내게 손을 내밀었다. 야간 업소의 ‘한 곡 추실까요?’도 아닌 마당에야 뭐 그리 대단한 것이라고, 그의 권유를 외면할 수 없었다. 뿌리친다면 필시 그는 무안해 하고 고조된 분위기도 한껏 썰렁해지겠지. 대책없는 휴머니즘에 이타심까지 옵션으로 작동했다. ‘저 아줌마도 했는데 이 아줌마라고 못할쏘냐.’ 은근히 오기도 생겼다.

핸드백을 던지듯 내려놓는 것으로 도전장을 대신했다. 만만해 보이는 나의 도전을 기점으로 대여섯 사람이 줄을 서기 시작했다. 줄 높이라야 고작 유년의 고무줄 놀이 수준인 무릎 정도이니 그 까짓게 대순가. 숨을 삼키며 오른 발을 먼저 줄 위에 올리고 두 걸음 내딛었으나 늪이라도 밟은 듯 바닥으로 미끄러졌다. 평평해 보였지만 줄이 평균대는 아니었다. 푹신한 매트가 깔려있어서 천만다행이었다. 진행자가 재차 시도를 권했으나 ‘무식 = 용감’이라는 불변의 등식을 온몸으로 증거한 것으로 충분했다. 웃음과 박수를 뒤로하고 갑자기 바빠진 사람처럼 서둘러 자리를 피했다. 그제서야 가슴이 본격적으로 콩닥거렸다. 대퇴부 골절로 인한 최하 8주 진단을 면한 것만으로 다행이었다.

‘기본의 기본도 모르고….’ 기본(Gibbon)에서 낙마하고 나니, 기본基本없이 도전했던 많은 일들이 떠올랐다. 삶의 도정道程에서 맛보았던 수많은 좌절이야말로 기본 없음의 증표가 아니었을까. 부실한 기초 공사에도 불구하고 얼떨결에 시작한 글쓰기로 인해 ‘수필산’ 앞에서 수없이 넘어졌던 무릎의 상처는 차라리 훈장이었다. 결코 길지 않는 줄 하나를 건너는데도 기본 동작이 필요할진대, 삶에 대한 매뉴얼도 없이 유속조차 알 길 없는 긴 강을 건너는 중이다. 배짱 하나는 두둑한 셈이다.

‘기본이면 다야?’ 반발심도 생겼다. 기본 없이 맞닥뜨렸던 수많은 상황에서는 바람이 불면 부는 대로 비가 오면 비를 맞았다. 준비 없이 내던져진 삶이었기에 시행착오라는 혹독한 스승도 만났다. 기본 없음을 미리 자각하며 우연히 맞닥뜨린 생경한 체험을 피했더라면, 어떻게 그런 신선한 울렁증을 맛보았겠는가? 유연성과 균형 감각이 바닥인 주제에 그런 무모한 용기는 어디서 나왔을까. 집중력 향상과 상쾌한 긴장감으로 스트레스 해소에 그만이라는 기본(Gibbon)의 효용 대신, 적당량의 설렘을 갈무리하며 집으로 향한다.

(2010)

발톱을 보내며

유세차維歲次 신묘년辛卯年 2월 24일, 필자는 몇 문단 글로써 고告하노니, 인간 신체 가운데 중요치 않은 부위가 있으리요만, 세상 사람이 너를 귀히 여기지 아니함에, 평소의 지대한 기여에도 불구하고 대수롭지 않은 일을 칭할 때 흔히 '발가락의 때'를 운운함이라. 그럼에도 불구하고 너는 발가락에 붙어 있는 듯 없는 듯 지내왔노라. 너의 뿌리를 내 발가락에 얻은 지 어언 오십 년이 지났으니 이제 너와의 이별을 앞두고 어이 인정이 그렇지 아니하리요. 눈물을 잠깐 거두고 심신을 겨우 진정하여, 너의 마지막 모습과 나의 회포를 총총히 적어 영결하노라.

오호 통재라 발톱이여, 이렇듯 애통함은 변고가 생겼을 때만 너를 돌보았기에 정회가 남다름이라. 오래전 무좀이 너의 모서리에 잠입했을 제, 일주일이 멀다하고 피부과 문턱을 넘나들어 겨우 구하였거니와, 지난 여름 발가락에 파고들었던 너의 일부를 외과 의사의 메스에 맡겨 바르게 자라도록 보살핀 적이 있었더라. 그 후로는 행여 무좀균이 재침할까, 살을 파고들세라 애면글면 주의를 기울였으나 그것은 한때일 뿐, 무탈한 평상시에는 눈길조차 주지 않았느니라.

마디자란 탓에 한 달에 한두 번, 웃자란 발톱을 자를 때만 관심을 기울였음에, 제 몸이 잘려나갈 때마다 '따각따각' 비명을 질러댔으나 그조차 외면하고 휴지통에 버리기 급했더라. 손톱처럼 호사도 누리지 못하였고 양말에 숨어 궂은 냄새로 하 세월을 보냈노라. 주인의 발길 가는 대로 발가락을 지탱하였으나, 무던한 심성과 충직함에 찬사를 보낸 적도 없었으니, 비록 살도 뼈도 아닌 내 몸의 소모품이라지만 어찌 사랑스럽고 미혹迷惑지 아니하리오. 널로 하여 생애에 도움이 적지 아니하더니, 오늘날 너를 영결함에, 오호 통재라, 이는 귀신이 시기하고 하늘이 미워하심이로다.

지난가을, 남도의 명산 무등無等에 올랐더라. 중간 합류지점이었던 장불재에서 숨을 고른 후 서석대에 오르니 그 높이가 1,100미터였음에, 불량 체력으로 등반에 성공했다는 기쁨으로 가히 세상을 얻은 듯했음이라. 세상 모든 중생과 견줄 것이 없다는 '무등無等'의 의미를 새기며, 훤칠한 거석巨石의 주상절리에 온통 마음을 빼앗겼더라. 일찍이 20대에 올랐던 무등은 오직 정상에 오르기 위한 산행이었으나,

삶의 반환점을 지난 지금에 와서는 등산이야말로 하산을 위한 것이며, 하산조차 서두를 것이 없다는 생각에 이르렀더라.

때는 만추晚秋의 절정이었음에 정상의 억새는 갈바람을 반주삼아 모든 것을 내주며 질펀한 춤판을 벌였더라. 감탄사 몇 마디 토하며 그들과 노닐다 보니, 발 빠른 일행은 이미 그곳을 떠났더라. 그제서야 날 샌 줄 모르고 심취한, 늦게 배운 도둑질에서 깨어나 하산을 서둘렀구나. 바람에 등 떠밀려, 오르막 전용인 '무등산 옛길'을 일방통행도 무시하고 역으로 내달렸음에, 정상에서의 기쁨은 땅거미가 내려앉던 가없는 하산길에 비하면 찰나에 불과하더라. 그때 주인을 잘못 만난 엄지발톱은 급경사 길에서 등산화 첫머리에 계속되는 헤딩을 피하지 못하였더라.

오호 애재라, 산행을 마친 후 발톱에 물든 보랏빛 패랭이꽃 빛이 점차 검붉어진즉 알고보니 피멍이더라. 이미 본디 있었던 자리에서 들떠있었으나, 안간힘으로 발가락을 보호하고자 버티던 듬직한 모습은 떠나는 순간까지 임무를 저버리지 않은 의리일세. 바람만 불어도 고개를 돌리는 세상사의 무정함을 상기하되, 전방의 야전군으로 발가락을 지탱했던 충직함에 어찌 인력이 미칠 바리요.

안타깝다 발톱이여, 어여쁘다 발톱이여, 엊그제 퇴근길의 사우나에서는 더 이상은 버틸 힘이 없어서인지 발가락에서 이탈하였구나. 정신이 아득하고 혼백이 산란散亂하였으나, 기색혼절氣塞昏絕에 이르지는 않았더라. 다시 한 번 만져 보고 이어 본들 속절없구나. 빠져나간 너를 고이 수습하니 발톱의 절묘한 얼룩문양은 백악기 암모나이트의 조각인가, 눈에 삼삼하여 투명하고 작은 용기에 담아두었노라. 겨우 얼굴을 들이댄 새 발톱은 살처럼 여려, 그를 믿고 후임자로 부리기에는 심회心懷가 삭막하다.

발톱이여. 무죄한 너와 인연을 마치며 아쉬움을 달래노니, 이는 순전히 내 탓인지라. 누를 한恨하며 누를 원怨하리요. 내 무리한 산행을 삼가지 못한 탓이로다. 급한 마음에 선택한 지름길이 불러온 화가 무고한 네게 미쳐 헤어지게 되었노라. 세상사 지름길이면 최선인 줄 알았던 무언의 가르침은 내 삶의 나침반이 되기를 바라노라. 네 비록 내 몸에서 이탈했으나 무심치 아니하면, 후세後世에 다시 만나 평생 동거지정平生同居之情을 다시 이어, 백년 고락과 일시생사一時生死를 한 가지로 하기를 바라노라. 오호 애재라, 발톱이여.

(2011)

부당거래

오징어잡이 배가 들어오자 주문진항이 갑자기 분주해졌다. 새벽 포구의 갯내음에 나도 덩달아 싱싱해졌다. 그만하면 정동진의 일출을 놓친 허전함은 보상받은 셈이다. 오징어는 진한 갈색의 미끈한 몸뚱이로 물총을 쏘아댔다. 칠흑 같은 어둠 속을 유영하다가 집어등集魚燈의 유혹을 견디지 못하고 그물에 걸린 놈들이었다. 그 많던 오징어가 리어카로 옮겨지는 시간은 불과 5분 정도였다. 신기한 일이라도 만난 듯 눈을 떼지 못했다.

"구경만 하지 말고 오징어 회 좀 사먹으쇼!"

상인의 외침이 없었다면 오징어를 구경거리로 아침을 보냈으리라. 뱃사람들의 목청에 놀랐는지 오징어가 일제히 날뛰었다.

상인들이 어시장으로 몰려가자 포구의 풍경이 눈에 들어왔다. 정박한 어선은 긴 동그라미 모양의 집어등을 주저리주저리 달고 있었다. 갯바람에 휘청거리는 유리등을 보니 얼마 전의 일이 떠올라 쓴웃음이 나왔다.

휴일 오후 백화점을 찾았다. 모처럼 남편의 양복을 장만하기 위해서였다. 신사복 매장에서 옷을 고르고 계산을 했다. 그때 점장店長은 사은품이 없어 죄송하다며, 자신의 재량으로 상품권을 주겠단다. 거기에 더해 선뜻 납득할 수 없는 제안을 덧붙였는데, 백오십만 원짜리 양복 두 벌을 카드 결제하면 일주일 후 취소해 준다고 했다. 실제 구입한 양복보다 몇 배나 비싼 액수였다. 여름철이라 정장 판매 실적이 워낙 저조하여 며칠만이라도 매출액을 올려놓겠다는 그의 말은 그럴 법했다.

"취소하러 오실 때는 맛있는 빵이라도 사 오셔야 합니다."

자신의 호의를 알아 달라는 말에 친근감마저 들었다. 살짝 고개를 내미는 불길한 예감은 '백화점의 유명 매장인데 설마….'라는 생각으로 바꾸어버렸다. '좋은 게 좋은 것'이라는 말도 떠올렸다. 그는 영수증과 취소 날짜를 적은 명함을 주었다. 상품권을 손에 쥐고 나니 석연찮은 생각도 뒷전으로 물러났다. 콧노래를 삼키며 에스컬레이터를 탔다.

취소를 약속한 날이었다. 확인 전화를 했으나 점장은 다음날로 미루더니, 그 후에도 갖은 핑계를 댔다. 마침내 카드 대금 결제일이 임박하여 더 이상은 그의 말을 믿을 수 없었다. 무언가가 잘못된 것이 분명했다.

생각 끝에 본사에 전화로 그간의 경위를 알렸다. 매장 직원들이 저지른 계획적인 부정이었다. 있을 수 없는 일이라는 내게 '작정하고 달려든 사람'을 막을 수는 없는 노릇이라고 했다. 매장에는 당시의 판매원들은 보이지 않았고, 대신 사태를 수습하고자 파견된 직원들이 오락가락했다. 그제서야 가까스로 결제를 취소할 수 있었다.

〈부당거래〉라는 영화가 있었다. 잔인한 유괴 사건이 발단이었다. 전 국민의 관심사가 되어버린 사건에 대통령은 범인검거를 약속했으나, 유력한 용의자는 이미 사살되었다. 진급에 혈안이 된 간부들은 범인을 만들기 위해 사건을 조작하기 시작했다. 사건을 둘러싼 형사, 검사, 스폰서의 공통점은 자신의 이익과 생존을 위해 상대방을 이용한다는 점이었다. 고위 인사들의 얽히고설킨 이해관계는 독버섯처럼 번식하며 공생을 유지했다. 그러나 모든 부당거래의 끝이 처참하듯 그들의 결말도 그랬다.

그날 신사복 매장에서의 거래야말로 전형적인 부당거래가 아니었을까. 점장은 가매출로 자신의 이익을 구했고, 나는 상품권이라는 미끼를 덥석 물었으니, 그의 불법 행위에 적극 가담하게 된 꼴이었다. 사태는 가까스로 수습되었으나 그날 받은 상품권을 생각할 때면 모종의 뒷거래의 증거품인 양 찜찜했다.

불빛에의 욕망을 뿌리치지 못한 오징어는 단숨에 손수레에 실려와 좌판에서 횟감으로 전락했다. 혹자는 자본주의 사회에서 소비를 부추기는 백화점을 욕망의 집어등에 비유했다. 나 역시 심해의 적막을 뿌리치고 현란한 불빛의 유혹에 넘어가 부당거래에 야합한 죄로 삼 주 간의 정신적인 실형을 선고받지 않았던가.

어선은 비로소 야간 조업의 피곤을 덜어내기 위해 아침잠을 청했다. 밤바다를 유인한 집어등의 공은 지대했다. 검은 바다에서 눈부시게 발광했을 그것의 실체는 흐린 유리등에 불과했다. 바람이 잔잔해지자 그것들은 더 이상 움직이지 않았다.

(2011)

심야의 품계석_{品階石}

현관문을 거칠게 열었다. 밖으로 나오니 찬바람이 얼굴을 할퀴었다. 세상은 넓고 갈 곳은 많겠거니 생각했다. 집 앞 영화관을 가자니 영화의 내용이 머리에 들어올 리 없었다. 그렇다고 서점도 내키지 않았다. 지하철 2호선에 올랐다.

여유로운 마음으로 식탁을 준비한 터였다. 평소 저녁 식사라 해도 서로 얼굴을 대하기도 힘들었다. 모처럼 재래시장을 찾아 보쌈에 파래 무침까지 차렸다. '수고했다.'라든지 '맛 있겠네.' 한마디면 족했다. 뜻밖에 남편은 반찬 두어 가지만을 작은 상에 옮겨 거실로 갔다. 평소 텔레비전을 즐기는 사람도 아니었기에 울컥 화가 치밀었다. 다른 날도 아닌 크리스마스가 아닌가. 냉장고의 갈색 '하이트' 병과 눈이 마주쳤으나, 고기 맛도 술맛도 나지 않을 것은 뻔한 일이었다. 나는 식탁에 그는 거실에, 각자의 진지에 포진했다. 넓지 않은 집안에 전운이 감돌았다. 그간의 경험으로는 이 정도의 냉전은 흐지부지되기 십상이었다.

평화주의자였던 내가 택한 노선은 묵비권 행사와 무단 외출이었다. 일일이 문제 삼지 않았을 뿐 그간 쌓인 앙금이 빙산을 이루었으리라. 그렇다면 오늘의 돌출행동은 소심한 반항에 불과했다.

시청역에서 내렸다. 그곳에는 마침 성탄절 퍼레이드가 진행되고 있었다. 캐럴을 부르는 젊은이들을 태운 지붕 없는 자동차들이 느리게 지나갔다. 서울광장과 프라자호텔의 성탄 장식은 휘황찬란했다. 고작 여섯 시가 넘었을 뿐인데 사위는 어둠이 장악했고 나를 기다리는 곳은 없었다.

순간 나의 방황에 맞춤한 구원의 메신저가 나타났다. 덕수궁 미술관의 매표소였다. 야간관람 기간인 〈피카소와 모던아트〉전은 가을부터 벼르고 있던 전시였다. 그곳이 목적지였던 것처럼 빠르게 걷는 내 모습이 가증스러웠다. 고궁의 겨울밤을 홀로 걷는다는 들뜬 마음도 잠시, 고즈넉하거나 운치가 있기는커녕 을씨년스럽기만 했다. 가로등도 속 좁은 사람처럼 제 발등만 겨우 비추었다. 그러나 싫지 않았다. 그런 심정으로 걷는 길이라면 어둑어둑한 것이 제격일 것이다.

계획에는 없었으나 선택은 탁월했으니, 제대로 던져진 주사위였다. 20세기 미술의 전환점이 되었던 내로라하는 대작의 향연에 빠져

들었다. 내면의 열정으로 충만했던 야수파를 시작으로 마티스와 샤갈, 칸딘스키와 자코메티에 이르기까지 그만하면 여한이 없었다.

피카소의 작품이 걸린 전시실이었다. 절묘한 분위기의 흑백의 에칭작품이 시선을 붙들었다. 화려한 뷔페식당에서 담백한 밑반찬 한 가지를 맛본 기분이었다. 〈검소한 식사〉 ― 그곳에는 장년의 부부가 식탁에 앉아 있었다. 잘려나간 빵, 와인 병, 두 개의 유리잔, 단순하게 처리된 그들의 식탁에는 궁핍함과 고적함이 감돌았다. 모자를 쓰고 아내에게 팔을 걸친 남편의 긴 손가락, 턱을 괴고 앉아 정면을 바라보는 퀭한 눈자위와 탄력을 잃은 젖가슴…. 그들은 나란히 앉았으나 시선은 각기 다른 곳을 향하고 있었다. 남자가 맹인이어서만은 아니었다.

작품의 우울함은 내게로 전이되었다. 아니 나의 울적함이 그림에 투사되었는지도 모른다. 집요한 자기 응시로 세상 속에 던져진 불완전한 인간, 소통을 포기한 남녀가 그곳에 있었다. 함께 사는 부부라고 해서 마냥 같은 방향을 바라볼 수는 없었으리라.

기분전환을 위해 발걸음을 옮겼다. 부부애가 유별났다던 샤갈 특유의 환상적인 분위기에 젖어 보고 싶었다. 그러나 다시 멈춘 곳은 피카소 앞이었다. 소통에 무감각해지고 데면데면해진 우리 부부의 모습이 〈검소한 식사〉에 먼저 와 있었다. 누구나의 일상도 화려한 성찬이기보다는 저렇듯 검소할진대, 그간에 퇴적된 지층은 의외로 선명했다.

마감 시간이 임박해서야 미술관을 나왔다. 중화전 뜰의 큼지막한 돌을 징검다리인 양 성큼 밟았다. 그때 정 8품, 9품…. 음각된 품계석들이 그 시간까지 퇴청을 미룬 채 심야의 궁궐을 지키고 있었다. 세찬 바람이 그들의 등을 할퀴며 중화전으로 달아났다. 문무백관들이 서열대로 서서 치르던 왕의 조회가 끝난 것도 백 년이 훌쩍 지났건만 그들은 제자리를 지키고 있었다. 한밤의 추위에도 아랑곳하지 않고 위계에 짓눌렸을 그들이 스산해보였다. 당시 그들이 서열의 앞자리로 옮기기 위해 기울였을 노력과 그것을 지키기 위한 안간힘을 떠올렸다.

비로소 밤의 고궁과 미술관에 오게 된 동기를 상기했다. 모처럼의 휴식을 위해 텔레비전 앞에 있을 남편의 모습도 그곳에 있었다. 혼자 힘으로 한 발 한 발 걸어온 길이었다. 그 역시 자신의 자리를 위해 묵묵히 많은 바람을 헤쳐 나왔겠지. 12월의 밤바람이 나의 등을 거세게 떠밀었다. 전의戰意를 상실한 채, 아무 일도 없었다는 듯 집으로 향하는 나의 발걸음이 빨라졌다.

살그머니 문을 여니 거실 소파에서 잠든 그의 모습이 여느 때와 달리 왜소해 보였다. 작은 이불을 살짝 덮어주었다. 엔딩이 모호했던 작품을 연출한 영화감독의 심정이 이런 것일까. 결코 이런 결말을 원했던 것은 아니었는데….

(2011)

인생 레시피

　시청자 여러분 안녕하십니까? 손쉽게 끓이는 찌개에도 요리 방법이 있고, 가전제품이나 휴대전화만 해도 수십 페이지에 달하는 사용설명서가 있습니다. 우리 삶에 대한 인간관계야말로 대상에 따라 다른 방법의 접근이 필요한 난해한 문젭니다. 인생이라는 장강長江을 무난하게 건너는 매뉴얼 정도는 있어야겠지요. 그래서 오늘은 색다른 요리를 소개합니다.

　'대인관계탕'이 바로 오늘의 요리입니다. 물론 사람의 일을 두고 '~탕' 운운하다니 왠지 거부감도 드는 것이 사실이지만, 표현의 편의상 그렇게 설정하여 레시피(recipe)를 알아보겠습니다. 본 요리의 특성은 재료나 조리하는 사람에 따라 맛이 다르다는 점입니다. 그러나

보통의 성인이라면 이 방법이 무난하게 적용됩니다. 먼저 재료와 요리법을 화면으로 보시겠습니다.

- **요리명**: 대인관계탕
- **재료**: 공동관심사 200 g, 상대방을 위한 시간과 배려 5Ts, 마음의 여유 3Ts, 유머와 센스 약간, 술(주량을 넘지 않아야 함), 적절한 비용.
  (Ts는 큰 숟갈, ts는 작은 숟갈의 계량 단위임.)
- **조리법**
1) 그날의 화제 100 g을 먼저 넣는다. 화제는 공통의 관심사인 경우가 바람직하다. 이때 분위기는 지나치게 진지하거나 가벼워서도, 한 사람이 주도해서도 안 된다.
2) 여유로운 마음으로 상대방의 말을 경청한다. 혹 말이 길어지더라도 시간과 배려를 듬뿍 넣고 주의 깊게 듣는다. 경청할 마음이 준비되지 않은 경우, 요리는 실패할 수 있다.
3) 이때 3Ts의 여유를 넣어 뭉근하게 끓인다. 끓이는 중 상대방의 말에 끄덕이거나 적절한 응수로 공감을 표시하되, 상투적인 공감의 표시는 가급적 삼간다.
4) 분위기가 경직되면 적당량의 유머와 센스를 넣어 저어준다. 거품이 넘치면 살짝 걷어낸다. 다만 지나친 유머는 진정성이 희석될 수 있음을 상기한다. 이때 나머지 관심사 100 g을 넣는다.
5) 우월감과 자만심을 교묘히 감추고 상대를 대할 경우 호주머니 안의 송곳처럼 드러나기 마련이다. 관계의 최고 형태는 '입장의

동일함'임을 상기하며 나머지 배려를 넣는다.

6) 낮에는 차, 밤에는 술을 곁들일 수 있으며, 마음의 간격을 좁히기
에는 양주나 와인보다는 소주와 막걸리가 적당하다.

7) 조리 중 순서가 뒤바뀌어도 큰 차이는 없다.

8) 다음의 만남을 기약할 경우, 의례적인 약속을 삼간다.

－ Tip

1) 재료를 과다하게 넣으면 본래의 맛이 사라지므로 적당량만 넣을 것.

2) 정성 들인 재료를 한순간에 태우거나 설익힐 수도 있으므로, 담백
한 맛을 살리기 위해서 불 조절이 관건이다.

　

지금까지 간단하게 끓일 수 있는 '대인관계탕'에 대해 살펴보았습
니다. 아시다시피 요리에는 정석이 없듯, 사람의 관계에도 공식은 없
답니다. 원숙한 연주자는 자신만의 감정으로 악보를 해석하고, 손맛
좋은 요리사가 요리법에 의존하지 않듯이 '마음 가는 대로'가 정답입
니다. 자신만의 경험을 참고하는 것도 좋은 방법이지요.

어느 곤충학자의 연구 결과가 떠오르는군요. 평소에 최상의 시스
템으로 보이는 다계급 개미사회는 천재지변 시 적절한 대처능력이
없었다는데, 자체적인 경직성 때문이지요. 반면 단일계급의 일개미
들은 여왕의 주변에서 다양한 직종에 종사하지만 유사시에는 한꺼번
에 사건 현장에 모여들어 문제를 해결한답니다. 다소 의외지만 매뉴
얼에만 의존하는 것이 최상이 아니라는 의미있는 결론이죠? 그렇다

면 융통성이야말로 사태 해결의 열쇠로군요. 돌이켜보건대 저야말로
평소에 제품 사용설명서를 제대로 읽은 적이 없기에 그런 설명서가
달갑지는 않습니다.

그렇다면 인간관계야말로 레시피 따위는 불필요한 영역이 아닐까
싶네요. 이제까지 요리방법은 잊으셔도 좋습니다. 진정성과 배려만
이 상대방의 마음을 움직일 수 있습니다. 그것은 진심이 결여된 상태
에서는 깃들지 않는 정서이니까요.

오늘의 요리는 그다지 도움이 되지 않았다구요? 그럼 다음 시간에
는 유익한 요리로 여러분을 찾아뵙겠습니다.

(2011)

전화

폐휴지를 버리고 온 남편의 손에 전화기가 들려있었다. 남이 버린 것인데 오죽하랴 싶어 투덜대면서 눈은 전화기에 가 있었다. 고풍스러운 갈색 전화기가 의외로 괜찮아 보였기 때문이다. 아파트의 재활용품 수거함에는 그럴듯한 것들이 많았다. 그렇다고 덥석 가져왔다가는 얼마 후 다시 버리게 된다. 공짜가 생겼다고 무조건 달가워할 일만은 아니다. 더욱이 남편은 정작 내가 유용하게 쓰는 물건을 말없이 내다버리곤 했던 전과가 있고 보면, 그의 재활용품 감식안을 그다지 신뢰하지 않는 터였다.

그런데 이번에는 예외였다. 짧은 탐색 후 쓸 만하다는 결론을 내렸다. 그것은 목재로 만든 복고풍의 우아한 디자인으로 골동품 냄새를 은근히 풍겼다. 버튼식이 아니었기에 동그라미 안에 적힌 숫자를 보고 손가락을 넣어 돌려보았다. 스르륵 가볍게 돌아가는 다이얼판이 근사했다. 선을 연결했다.

"따르릉, 따르릉—."

전통에 빛나는 우렁찬 신호음이었다. 요란한 벨 소리는 안방에서 거실을 지나 베란다로 삽시간에 퍼져갔다. 갑작스런 큰 소리에 무슨 잘못이라도 저지른 듯 수화기를 내려놓았다. 아직도 저런 원시적인 신호음이 남아 있었다니….

요즘 벨 소리는 다양하다. 취향에 맞게 다운로드 받는가 하면 발신자에 따라 다른 벨 소리를 설정할 수도 있다. 시대를 거스르듯 구태의연함을 무기로 내세운 구식 전화기는, 오래전부터 있었던 물건처럼 거실 문갑에 제자리를 잡아갔다. 전화가 걸려올 때면 거실을 뒤흔드는 새삼스러운 벨 소리에 깜짝 놀라곤 했다.

지난 시절을 회상하게 하는 CF 화면이 떠올랐다. 1960~70년대 정서를 재연하던 그 광고는 흑백의 낡은 정경으로 내 마음을 붙들었다. 모나미 볼펜으로 손바닥에 주소와 전화번호를 적어주던 장면에서는 내 손바닥이 간지러웠다. 모니터와 휴대폰에 수시로 배달되는 메시지가, 그 시절에는 만만한 이웃집 동생의 발품이었다. 그것의 전달 장소는 골목길이라야 제격이었다. 이모티콘은 도시락에 검은 콩을 장식한 하트 모양, 네비게이션은 구겨진 종이 귀퉁이에 삐뚤삐뚤 그려진 약도였다. 오래된 과거로 느껴지는 이런 장면들은 불과 십여 년 전의 일일 뿐이다.

현대인은 기다림을 잃어버린 것일까. 이제 목이 길어지도록 전화를 기다릴 일은 없다. 기다리던 전화를 받지 못할까 봐 조바심내지 않아도 된다. 부재중 발신자와 시간까지 알려준다.

목마른 그리움으로 연인에게 전화를 거는 한 사람의 모습이 영상처럼 떠오른다.

당신이 없는 것을 알기 때문에
전화를 겁니다.
신호가 가는 소리.

당신 방의 책장을 지금 잘게 흔들고 있을 전화 종소리, 수화기를 오래 귀에 대고 많은 전화 소리가 당신 방을 완전히 채울 때까지 기다립니다. 그래서 당신이 외출에서 돌아와 문을 열 때, 내가 이 구석에서 보낸 모든 전화 소리가 당신에게 쏟아져서 그 입술 근처나 가슴 근처를 비벼대고 은근한 소리의 눈으로 당신을 밤새 지켜볼 수 있도록.

다시 전화를 겁니다.
신호가 가는 소리.

― 마종기의 〈전화〉 전문

시의 화자는 그리움을 주체할 길 없어 무척이나 망설이다가 그가 없는 사이에 전화를 걸었으리라. 상대방의 부재를 알면서 자신이 울리게 한 벨 소리로 그의 공간에 가득 채운다. 아마 그 사람은 전화를 건 이의 마음을 알지 못하리라. 현대인으로서는 선뜻 이해하기 어려운 상황이다.

여기에서의 벨 소리는 그리움의 기호이다. 누군가의 소통 욕구는 지극히 절제되었기에 더욱 간절하다. 그 소리는 조용한 공간을 거칠게 가르던 예전의 전화벨 소리가 제격이다. 따르릉, 따르릉—. 검고 투박한 전화기에서 퍼지는 무거운 신호음이 환청으로 다가온다. 누군가의 그리움이 청각적으로, 시각적으로 잡힐 듯하다.

사람들은 다이얼의 번거로움조차 허용하지 않는다. 무선이 장악한 통신시장은 화상전화의 시대로 돌입했으니 잡히지 않는 그리움은 무효다. 머지않아 그리움이나 기다림의 어휘는 낡은 사전에만 남아 있으려나.

휴대전화가 대세이기에 거실의 구식 전화기가 울리는 일은 많지 않으리라. 폐품에서 재활에 성공한 저 전화기를 사용하노라면, 긴 동면冬眠에 든 나의 그리움도 복구될 수 있을까.

(2008)

멋진 슬픔

"물 좀 주소!"

휴화산이 폭발했다. 그가 토해낸 마그마는 깊은 저음低音으로 객석을 파고들었다. 나의 심연에 가라앉았던 해묵은 앙금은 그의 외침에 후련하게 쓸려나갔다. 삶의 상처가 깊게 밴 음색은 참으로 독특했다. 함성을 삼켰으나 공연장의 열기는 상승했다.

한대수, 그는 세상을 향해 갈증을 호소하던 청년이었다. 미국에서 히피 물을 먹은 그의 외침이 전파를 탄 것은 1970년대였다. 당시 한국은 젊은이들이 거리로 쏟아져 나왔던 어수선한 시절인지라 '목마르니 물 좀 달라.'던 그의 음악은 충격이었다. 외국 곡의 번안 가요가 주류를 이루던 때였기에, 최초의 싱어송라이터인 그의 등장은 신선

했다.

　오늘은 그가 '세시봉 콘서트'의 출연자로 무대에 섰다. 큰 체격에 어깨에서 찰랑거리는 반백의 장발, 검은 재킷과 줄무늬 머플러가 생각보다 젊어 보였다. 노래 사이에 특유의 너털웃음을 날렸는데, 그것은 순탄치 않았던 자신의 삶을 낙천적으로 승화시키는 도구로 보였다. 느긋하게 세상을 관조할 나이 육순에 얻은 딸, 한때는 잘 나가던 미국 월가의 증권사 직원이었으나 현재는 알콜 의존증을 앓고 있는 아내…. 그가 넘어야 할 산의 높이를 가늠해보는 나의 생각은 기우일까. 자본주의의 파고를 헤쳐나가야 할 가장인 그에게 히피청년의 모습은 없었다. 그는 멈추지 않은 박수를 뒤로하고 기타를 멘 채 무대를 내려갔다.

　한대수의 가족사는 소설이다. 스토리텔링에 능한 작가라 해도 그 정도의 소설을 한 편 엮어내기란 결코 쉬운 일이 아니리라. 명문 대학원장을 지낸 할아버지와 미국 유학 중 실종된 아버지, 자신의 삶을 찾아 떠난 어머니…. 어렵사리 찾은 아버지는 뜻밖에도 그동안의 삶에 대해 함구했다. 아니 기억이 전무全無했다. 세인들은 핵 물리학자였던 아버지의 실종과 기억 손상을 거대한 공권력이 개입된 사건으로 추정했다. 한대수는 그런 아버지의 미국과 한국을 오가며 아픈 시간을 보냈다.

　그 무렵 한대수는 신산한 삶 속에서 자신의 정체성을 찾기 위한 통로로 음악을 선택했다. 1975년 두 번째 앨범이 나오자, 군사정권은 그를 체제전복 가수로 분류하는 바람에 대중과 격리되었다. 음악과 삶에서 유신 정권의 희생자였으나 사람들은 그의 음악을 잊지 않았다. 그로부터 40년 후 후배들은 오직 〈물 좀 주소!〉 한 곡을 열두 팀이 나름대로 해석하여 부른 헌정앨범을 제작했다. 이처럼 그의 음악은 우리 근대음악사의 살아있는 아이콘이다. 자신의 삶을 '혼돈과 정체성의 위기'라 했던 그에게, 음악이라는 출구가 있었음은 얼마나 다행한 일인가.

그의 무대를 보니 또 다른 남자의 모습이 오버랩되었다. '나는 멋진 상처를 안고 이 세상에 태어났다.'던 '프란츠 카프카,' 그의 문학적 부엽토이자 멋진 상처는 바로 아버지였다. 그는 아버지의 위세에 짓눌려 자신이 무능하다는 생각에 사로잡혀 훗날 그의 작품에까지 어두운 그림자를 드리웠다. 결국 그는 자신이 아버지가 되는 평범한 삶에서 실패하고 문학으로 도피해 '몽환적인 내면생활'을 꾸려나갔다. '모든 글은 아버지를 상대로 썼으며, 그것은 오랫동안 의도적으로 진행된 아버지와의 결별 과정'이라 했던 카프카에게 아버지는 평생의 화두였으리라.

그는 대부분의 작품에서 권위적인 가장으로서의 아버지에 대한 고통을 우회적으로 호소했다. 자신을 하잘 것 없는 존재로 느끼게 했던 아버지의 영향 때문인지, 그의 주인공들은 작품 속에서 누구와도 소통하지 못했다. 거기에 더해 언제나 출구 없는 시공간을 맴돌았다. 〈법 앞에서〉의 시골 사람은 죽을 때까지 법 앞에 머물러 있었는가 하면, 〈황제의 칙명〉의 칙사는 성 밖으로 나가지 못했다. 그 뿐이랴. 〈변신〉의 '그레고르'는 가족에게서 이해받지 못했다.

연극 〈변신〉을 본 적이 있다. 암울한 선율이 흐르는 어두운 공간에서 아버지의 횡포에 상처받던 '그레고르'의 좌절이 내 것인 양 파고들었다. 무대 위의 아버지는 집에서도 금단추가 번쩍거리는 제복을 입고 그를 배척했다. 카프카가 내세운 작중 인물의 공통점은 마치 쳇바퀴를 돌리고 있는 애완동물처럼 자신을 에워싸고 있는 틀을 벗어나지 못했다. 체념이나 순응처럼 보이는 행동은 어쩌면 그들만의 저항법인지 모른다.

한대수와 카프카 - 두 남자는 '대타자大他者'였을 아버지와의 관계 맺기가 녹록치 않았다. 끝없이 자신의 존재를 바꿔온 백전노장의 로커 한대수는 음악으로 자신의 아픔을 토로했으며, 카프카는 아버지로부터 벗어날 수 있는 유일한 방법으로 문학이라는 비상구를 택했다. 그들이 자신의 작품을 위해 온몸으로 치른 댓가는 혹독했다. 견고한 딱지처럼 훈장이 되어 내려앉은 그들의 상처, 아픈 시간들이 응집된 그들의 예술이야말로 그들 삶의 진신사리가 아닐까.

'모든 슬픔은 그것에 관해 이야기할 수 있다면 견뎌질 수 있다.'고 했던가. 누구나 사노라면 피할 수 없는 고통과 역경을 만난다. 세상에 고통없이 얻어지는 영적 산물이 있기는 할까. 결코 가볍지 않은 현실의 무게를 창작의 거름 삼아 자신들의 세계를 이룬 두 남자, 아버지로 인한 그늘의 형태는 달랐지만 그들 예술을 뿌리내리게 했다.

어쩌면 혼돈이 유일한 삶의 형태였을 그들만의 '멋진 슬픔'ㅡ. 이 얼마나 절묘한 역설인가.

(2012)

그들의 사랑법

가을볕이 따갑다. 난데없는 11월의 더위는 대지에 대용량 히터를 가동하는 중이었다. 서부간선도로와 나란히 놓여진 안양천 산책로를 걷는 발걸음이 가벼웠다. 겨울을 건너뛴 채 봄을 맞은 것이 아닌가 하는 생각에 상쾌함이 더했다.

그때 무언가가 야트막이 주변을 날아다녔다. 누런 메뚜기였다. 가을이면 메뚜기 몸도 갈색으로 익어간다는 사실이 새삼스러웠다. 그들 중에는 등에 가로줄무늬가 선명한 놈도 있었다. 메뚜기의 공동 주거지역인듯 아담한 포물선을 그리며 점프하는 놈들이 한둘이 아니었다.

풀밭과 산책로가 맞닿은 지점이었다. 특이한 자세를 유지한 커플이 눈에 띄었다. 2층을 이루고 있었는데 그중 수놈으로 보이는 녀석이 암놈을 업은 채 미동도 없었다. 위에 있는 녀석이 수컷인지도 모를 일이었다. 그들의 다리는 완강한 사선으로 평행을 이루고 있었다. 슬슬 관음증이 발동했다. 가던 길도 잊고 그들 앞에 쪼그리고 앉았다. 잠시 후 원위치로 돌아가리라는 나의 예상은 빗나갔다. 이어폰의 짧지 않은 노래 세 곡이 끝날 때까지 같은 자세를 유지했다. 가느다란 다리가 힘들어 보였다. 흔히 동물의 교미는 쾌락이 없다는데, 그렇다면 그들 커플은 종족보존의 대명제를 알고 있었단 말인가.

사랑놀음에 취한 녀석들을 그대로 두었다가는 사람들의 발길에 차일 것만 같았다. 쏟아지는 가을볕은 또 얼마나 따가웠던가. 곤충보호협회의 열성 회원도 아니었지만 그들의 사생활을 보호해주고 싶었다. 한시바삐 그늘로 유인해야겠다는 생각에 장갑 낀 손으로 살며시 그늘을 드리워주었다. 한창 열중하던 녀석들은 그것을 위험 신호로 감지했을까. 파트너를 업은 채로 움직여 풀밭 쪽으로 다가갔다. 행여 자세가 흐트러질세라 그 상태를 유지하며 느리게 움직였다. '느리게'는 나의 관점이고 그들 딴에는 부리나케 사랑의 장소를 옮겼으리라. 피신해서도 그들의 몸은 분리되지 않았다. 결국 쪼그리고 앉은 내편에서 발이 저려왔다. 백기를 들고 가던 길을 재촉했다. '좋은 밤 되세요.'라는 인사말이라도 남기려했는데 대낮이었다.

나의 관심이 저들에게는 주제넘은 참견이었다. 행여 그들이 더위에 지칠세라 그늘을 만들어주고 행인들의 발길이 그들의 방해할까

염려했다. 사랑에 눈 먼 녀석들에겐 더위도, 인간들의 통행도 문제되지 않았다. 흰 구철초와 억새를 커튼 삼아 사랑을 나누었을 뿐이다. 사람들이라면 아마 제 나름의 잣대를 들이대며 녀석에게 변 씨 성을 붙여주었거나, 암컷에게는 '옹녀' 운운했으리라.

그들의 사랑법에 잠겨 걷다보니, 얼마 전 보았던 드라마의 장면이 떠올랐다. 조선시대의 무사가 주인공인 드라마였다. 검선劍仙의 경지에 오른 남자에게는 둘 사이에 딸을 둔 정인이 있었다. 무슨 사연이었는지 오랜 기간 헤어져 있던 두 사람이 만났다. 그들 만남의 장소는 주막집이나 물레방앗간도 아니었다. 시야가 탁 트인 평원이었다. 거칠 것 없던 초원은 바람마저 초록이었다. 여인이 먼저 말문을 열었다.

"어르신, 그간 몇 년을 어찌 지내셨습니까?"

"내 검 속에 그간 지낸 세월이 담겨있다. 지난 세월을 모두 이 검 안에 담아줄 테니 마음껏 봐라."

드디어 남녀의 대결이 시작되었다. 동시에 꺼낸 칼로 허공을 가르자 하늘이 동강나고 바람은 흩어졌다. 그들은 예리하면서도 부드러운 눈길로 교감하는 것도 잊지 않았다. 둘의 기세에 지레 숨을 죽이던 풀은 자신의 의지대로 몸을 가눌 수 없게 되자 이내 바람에 몸을 맡겼다. 저만치 숲을 이룬 억새들도 질펀하게 몸을 비비며 섞고 있었다. 그들의 몸을 감싼 풀은 바람결에 일어서고 다시 눕기를 반복했다. 검의 대결은 둘만의 애무였다. 어느 장면이 그처럼 강한 에로티

시즘을 대변하랴. 한바탕 격전이 끝나고 애절한 대화가 오갔다. 함께 떠나자는 남자의 제안을 거절한 이별의식이 끝나자 둘은 여한없는 사랑을 나누었다는 듯 오랫동안 서로를 바라보았다. 이윽고 남자를 뒤로하고 돌아선 여인이 느리게 걸었다. 감정을 절제하던 남자의 눈은 성냥불만 그어대도 순간 점화될 것 같았다. 그들 20년 사랑의 엔딩 장면은 칼의 대화였다. 칼을 겨루는 일도 그처럼 관능적이고 따뜻할 수 있다는 사실이 놀라웠다.

따사로운 가을볕에 등을 비비며 사랑을 나누었던 메뚜기나, 평원의 열락에서 에로티시즘의 진수를 느끼게 했던 검의 대결은 자연 속의 풍경화였다. 그들은 세상의 모든 경계를 무시하며 허공을 넘나드는 바람을 순간에 자르고 사랑을 나누었다. 그들에게 세상의 가치란 한갓 보잘 것 없는 것으로 보였다.

그로부터 다방면으로 진화를 거듭한 대부분의 현대인들은 획일화된 잣대로 사랑을 측량하려 든다. 그들은 사람이나 선물의 가치를 저울질하며 타인과 비교를 일삼는데, 신기하게도 눈금이 비슷하다. 근래의 대세는 연인의 필수코스로 자리 잡은 엇비슷한 이벤트다. 의도적인 추억 만들기의 성격인 그것들의 강약에 따라 상대방의 감동은 정비례한다. 과연 현대의 사랑은 진화한 것일까.

(2012)

껴묻거리

겨울날의 새벽, 친구들과 함께 동해바다를 향해 달렸다. 일상에 짓눌려 무디어진 마음을 수평선의 예리한 날에 버리고 싶어서였다. 강릉에 들어서니 경포호 인근의 명소들이 앞다투어 손짓했다. 난설헌로를 따라 남아있는 조선조의 명인들을 그냥 지나칠 수 없었다. 선교장을 시작으로 매월당 김시습과 허균, 허난설헌 남매를 만났다. 오죽헌에서 나오자 강릉 시립박물관이 바로 옆에서 기다리고 있었다.

전시품들은 강릉지역에서 출토된 선사 유물이 대부분이었다. 밝지 않은 실내에는 보존 상태가 비교적 양호한 서화書畵, 도자기 등이 나른한 겨울 한낮의 무료함을 달래고 있었다. 그때 가벼운 피로감을 거뜬히 날릴 수 있는 전시품이 나를 붙들었다.

그것은 '껴묻거리'로 선인들의 부장품副葬品이었다. 이장할 때 발견되었다는 조선조 어느 선비의 지석誌石은 망자의 행적을 해서로 음각하여 분청사기 제조 방식으로 구워낸 것이었다. 이밖에 강릉 최씨의 묘에 묻혔던 묘지墓誌와 흰색과 자수정 구슬은 주인을 기억한다는 듯 흐릿하게 반짝거렸다. 오랜 시간 흙에 묻혀 있다가 비록 진열장에 갇힌 몸이지만 바깥세상을 보게 된 유품이었다.

'껴묻거리'의 유래는 구석기시대로 거슬러 올라간다. 고대인들은 가족과 친지의 죽음을 애도하여 생전에 사용하던 물건을 매장했다. 사후 세계에 대한 염원도 함께…. 그것은 대부분 망자亡者의 애장품이었으나 매장용으로 특별히 만들기도 했다. 사후세계에서도 유용하게 쓰라는 남은 이들의 배려였을까. 그 정도로 그쳤으면 좋으련만 부장품목의 진화는 상상을 초월하게 변질되었다.

연전의 중국 기행 중 보았던 섬서성陝西省 서안의 병마 용갱兵馬俑坑이 떠올랐다. 1974년 우물을 파던 농부가 발견했다는 그곳은 한여름이었으나 서늘한 냉기가 감돌았다. 그곳에서 보았던 시황제의 부장품은 상상을 초월했다. 끝이 아스라하던 용갱에는 표정도 생생한 수천 명의 군사와 그 수를 헤아릴 수 없는 말馬과, 전차가 명령을 기다리는 듯 전투 대형으로 정렬하고 있었다.

영생에 대한 집착이 유난했던 시황제는 진나라 집권 초기부터 제 무덤의 터를 잡아 36년간 공사를 벌였다. 거대한 지하군단이었던 호화판 무덤도 모자라 인부들까지 아예 묻어버렸다던가. 요즘 세상이

라면 촛불 시위나 SNS를 통한 여론몰이로 어림없었으리라. 병마용갱
이 세계 여덟 번째 불가사의로 등재되면서 만리장성의 명성을 뛰어
넘었지만, 이는 문화재가 아닌 인간의 무한한 욕망에 대한 기록으로
남아야 하지 않을까.

　박물관에 남은 망자의 흔적을 뒤로하고 그토록 간절했던 경포바다
로 향했다. 철 지난 바다는 생몰에 연연하지 않고 예의 그 모습으로
동기가 불분명한 적의를 품은 채 스크럼을 짜고 밀려들었다. 나를
삼킬 듯 달려오던 포말군단은 모래톱에 이르러서는 형체도 없이 사
라졌다. 그것은 부질없는 열정이었다. 태곳적부터 해온 일이 지루하
지도 않은 것일까. 바다 앞에 서니 저잣거리의 갈등과 고통쯤이야
흔적도 없이 스치고 지나가는 가벼움으로 변해버렸다.

　지리산을 벗 삼은 어느 시인은 관값 200만 원만 빼놓고 나머지는
남겨두지 않겠다고 했다던가. 나야말로 껴묻거리로 그 무엇을 가져
갈까. 그러나 바다 한 사발, 몇 줄기 갯바람, 쪽빛 하늘과 구름 한
장도 담을 수 없다면 내게 무슨 위로가 될까.

(2012)

굿바이 애니콜

핸드폰의 액정이 검게 변했다. 2년 전 쯤의 일이다. 배터리도 교환해 보고 여러 개의 버튼을 눌러 보았으나 마찬가지였다. 저녁인지라 AS센터에 갈 수도 없어, 길가의 핸드폰 가게에 들렀다. 그곳의 권유로 핸드폰을 구입하자 통신사와 번호가 바뀌었다. 비극의 시작이었다.

대리점에서 안내한 몇 개의 번호 중 급히 선택한 것은 누군가가 사용했던 번호였다. 개통 후부터 이전 주인이 받아야 할 문자 메시지의 홍수가 시작되었다. '○○그라, 후 입금 당일발송' 등…. 가히 경제적 문장 구현의 본이 될 만한 함축적인 내용이 대부분이었다. 타인의 삶을 훔쳐보는 내 안의 관음증을 감지한 것까지는 좋았다. 밤낮없이 나를 불러대는 녀석에 대해, 나는 기종과는 무관하게 '애니콜(any call)

이라는 애칭 아닌 별명을 붙여주고 당분간만 참으면 될 것이라 생각했다.

그러나 통성명은 했다는 생각에선지 노골적인 공세가 시작되었다. 성인용 광고 메시지는 단잠을 깨우고 달아나기 일쑤였다. 전원을 끄자니 당장 이른 아침의 모닝콜이 아쉬웠다. 'ㅇㅇ동 룸살롱 풀코스 저렴, 최상수질 20대 란제리걸, 현금 35만 원', '매직 미러 초이스 소프트 풀살롱 오픈, 아가씨 포함 주류 현금 42만 원' 등 결제 방식까지 안내된 그것들은 접선용 부호를 방불케 하며 음지 향락산업의 실태를 알려주었다. 물론 이전 소유자와 무관한, 불특정 다수를 대상으로 한 스팸 메시지려니 하며 지낼 작정도 했다.

인내가 극에 달한 어느 날, 항의 차 대리점에 들렀으나 폐업 안내문만 속절없이 나부꼈다. 그나마 하소연할 대리점마저도 시치미를 뗀 상태여서 애니콜과의 동거는 장기전으로 돌입했다. 그런데 본인이 꼭 받아야 할 내용의 메시지가 문제였다. '주문하신 선글라스 찾아가시기 바랍니다— ㅇㅇ안경', '프랑크푸르트행 일주일 내 발권하지 않으시면 취소' 등 생면부지인 그의 일상이 나의 의지와는 무관하게 낱낱이 공개되었다. 얼마 후 해외에서 사용한 신용카드 내역도 도착하는 바람에 그의 독일행이 무산되지 않았음을 짐작했다.

벼르던 작업에 착수했다. 은행에 번호 변경을 알리고 정보 수정을 요청했으나, 본인 여부를 확인할 수 없단다. 항공사도 마찬가지였다. 현재 나의 번호가 그의 번호가 아니라는 사실에 대해 어떤 확인도

해줄 수 없다고 했다. 내 번호가 나를 대변할 수 없었고, 내가 나라는 사실이 받아들여지지 않은 상황이었다. 핸드폰이 많은 것을 대변해 주는 세상에 그것이 통하지 않음은 의외였다. 물론 이전 사용자의 연락처도 알려주지 않았다. 나의 불편은 나의 것일 뿐, 그는 그들이 보호해야 할 고객이었다.

그와의 동거국면은 쉽사리 끝날 것 같지 않았다. 그가 귀국했는지, 여행 시 얼마를 결제한 것이며 진료 예약까지 알게 되었다. '대박 주말을 꿈꾸는 사장님을 모십니다. 정직한 수심과 배당' —이런 문구가 도착하면 주말이 다가왔다는 예고였다.

원치 않았으나 그럭저럭 지낸 세월이 1년이 훌쩍 넘어섰다. 타인의 사생활을 엿보던 야릇함과 불편함을 더 이상 참을 수 없는 일이 생겼다. '고객님의 치과 예약은 내일 11시입니다'라는 메시지였다. 공교롭게도 나의 예약 요일과 같았던지라 치과에 갔다. 웬걸 나의 예약은 그 다음 주였다. 그에게 도착된 것을 나의 것으로 착각한 것이었다. 의외라는 듯 바라보던 간호사에게 지나던 길이었다며 대충 얼버무리고 삼십여 분을 기다렸다가 겨우 진료를 받은 적도 있다.

애니콜과의 동침도 2년이 되고 보니, 이전 주인의 라이프 스타일을 대강 알게 되었다. 이제 겨울이니 조만간 'ㅇㅇ콘도, 야간 스키 이용 시 리프트 무료 이용'이라는 문구가 도착할 것이다. 소비 성향으로 보아 다양한 레저를 즐기는 ㅇㅇ광역시의 중년 남성으로 짐작되는 그, 언제쯤 이중생활에 종지부를 찍을 것인가 고민했다.

한편 누군가 내 번호를 사용하게 된다면 그 역시 내게 쏟아지는 그렇고 그런 정보들을 원망하리라. '담보 없이 1,500만 원 입금 대상 고객입니다'를 시작으로 나와 무관한 광고를 포함한 안내에 고역을 치를 것이다.

그런데 지난 주부터 소식이 뜸하다. 아니 뚝 끊겼다. 아마 그도 새로운 기종으로 휴대폰을 바꾸면서 그제서야 여러 곳에 변경을 통보한 것인지 모른다. 분명 내가 그토록 바라던 상황인데 왠지 허전하다. 메시지 도착 신호음에 얼른 휴대폰을 열어본다. 내게 배달된 것이다.

애니콜은 비로소 떠났다. 낮은 인사를 삼킨다. '굿바이, 애니콜−.'

(2012)

실례하겠습니다

"승객 여러분, 잠시 실례하겠습니다."

목소리의 주인공은 젊은 남자였다. 영자英字 신문이 프린트된 모자와 자줏빛이 감도는 선글라스에 청재킷, 공들인 것이 분명한 구레나룻…. 바퀴 달린 큰 가방 위에 놓인 카세트에서는 비지스(Bee Gees)의 〈홀리데이(Holiday)〉가 흘러나왔다. 승객들은 무심한 척했으나 표정은 선율을 따라가고 있었다. 곡을 바꾸며 그는 말을 이었다.

"승객 여러분, 오늘은 이 시대 최고의 음악과, 7080시대 불후의 명음반을 소개해 드리고자 합니다. 지금 들으시는 곡은 '에어 서플라이(Air Supply)'의 노랩니다. 도대체 그녀는 왜 떠났을까요? 저도 모르고 며느리도 모릅니다. 다만 당신만이 아십니다."

유려한 멘트는 물을 만난 물고기였다. 음반 판매가 아닌 음악 소개가 목적이란다. 이어서 베를린 필하모닉 오케스트라와의 협연 경력을 가진 독일의 헤비메탈 밴드 '스콜피언스'를 소개했다. '사이먼 앤 가펑클'의 노래를 들려줄 때는 한국 그룹 'SG워너비'가 그룹 이름에 그들의 이니셜 S,G를 따올 정도로 그들을 존경했다는 사실도 상기시켰다.

"이제 SG워너비의 절대적인 우상, 물질 문명에 찌든 현대인을 위로해 줄 우리들의 영원한 그룹입니다. 눈을 지그시 감고 들으시죠. '사이먼 앤 가펑클'의 명곡, 'Bridge Over Troubled Water—' 당신도 누군가에게 세상의 다리가 되어준 적이 있나요?"

마지막 단어의 'r'의 발음에 스스로 감동한 듯 잠시 여운을 두었다. 이어서 볼륨의 강약 조절로 전동차 내 분위기를 주도했다. 서너 개의 역을 지나는 동안 매끄러운 진행으로 음악만을 소개했다.

결국 참을성 없는 승객이 더는 기다리지 못하겠다는 듯 가격을 물었다. 두 장에 오천 원만 받는다고 했으나, 판매에는 그다지 신경 쓰는 것 같지 않았다. 자신의 꿈에 다가서기 위한 포석인가. 안내 방송이 나온 것은 그때였다.

"지금 승객들에게 불편을 주며 판매 행위를 하고 있는 상인은 다음 역에서 즉시 하차해 주시기 바랍니다."

이내 차내 분위기는 경직되었다. 갑자기 말을 멈춘 그는 검은 차창을 바라보았다. 그곳에는 디스크자키의 꿈을 버리지 못한 또 한 명의 청년이 그를 바라보았으리라.

전동차가 멈추자 그는 성큼 걸어 나갔다. 미처 멈추지 못하고 함께 따라 나간 음악도 멀어졌다. 대중음악가에서 무허가 상인으로 전락한 그의 뒷모습이 초라했다. 나를 포함한 익명의 다수가 좌절된 그의 꿈에 결례를 한 것은 아니었을까.

(2011)

공자가 말했다

서둘러 계단을 내려갔으나 전동차는 눈앞에서 떠났다. 나는 한시적인 적막을 벗 삼아 역내를 배회했다. 에스컬레이터 아래 빗금 공간에서 상인 셋이 얘기를 나누고 있었다. 큰 상자를 옆에 두고 그중 한 남자의 이야기를 경청하며 질문도 했다. 분위기는 자못 진지하여 공자와 제자의 문답을 연상케 했다. 제자가 물었다.

"단속반이 내 앞을 가로막으며 팔을 잡아끌며 내리라고 할 때는 어떻게 하죠?

공자가 말했다.

"단속반은 대개 두 명이 한 조다. 그들이 가로막으면 우리는 위축되기 마련인데, 이때 붙들린 팔을 뿌리치면 더 강하게 제재한다. 일단 실랑이가 벌어지면 아프다고 크게 말해라. 다만 어떤 경우에도 폭력은 쓰지 않는다. 이 점이 중요하다. 그렇다고 우리가 맞을 일은 없다. 사람들이 많은 곳이고 그들은 대부분 약자 편이다. 그래도 팔을 계속 붙들려고 하면 이렇게 말해라. 이것은 대법원 판례에서도 나와 있듯이 집단 폭행입니다."

불과 삼사 분의 짧은 시간이었으나 단정적인 말투로 상황을 깔끔하게 마무리했다. 진위를 막론하고 질문에 명쾌하게 답하는 그의 어투는 카리스마가 넘쳤다. 불법 상행위 단속에 대법원 판례까지 거론될 법치국가에서 살고 있다는 사실이 새삼스러웠다. 그때 열차가 진입한다는 안내 방송이 나왔다. 별도의 끝종도 없이 그의 명쾌한 강의는 끝났다.

가볍게 손을 흔들며 유유히 열차에 오르자 제자들은 목례로 그를 보냈다. 열차 탑승에도 서열이 있었다. 나도 그와 같은 칸을 타게 되었는데, 그의 음성이 힘을 걷어낸 나긋나긋한 소리로 변했다.

"어르신들, 목욕탕에 다녀와도 그때 뿐, 각질은 또 생기실 겁니다. 그래서 오늘은 나노 소재가 함유된 보온 효과가 뛰어난 덧신입니다. 김장할 때도, 수족 냉증에도 효과 그만인 덧신을 한 개 사천 원, 세 개 만 원으로 여러분을 모실까 합니다. 여기 어머님은 무슨 색으로 드릴까요?"

본격 판매전이 시작되자 그만의 매뉴얼로 차내를 장악했다. 덧신에까지 나노 소재가 사용된 것은 확인할 바 없었으나, 그는 지하철

무허가 마케팅의 달인이었다. 그의 말에는, 받아들여야 할 사실로 각인되는 독특한 힘이 있었다. 그의 도저한 내공이 빛을 발하는 순간은 비록 짧았으나 덧신을 섭섭지 않게 팔고 다른 칸을 향해 유유히 사라졌다.

그는 진정한 서울 메트로의 스타였다. 일상의 매뉴얼에도 철저하지 못한 나의 스승이었다. 근래 머릿속에 터줏대감으로 들어앉은 묵은 화두를 꺼내 묻고 싶었다. 그러면 명쾌하게 대답할 것 같았으나 우물쭈물하다가 삼키고 말았다.

'공자님, 좋은 수필을 쓰려면 어떻게 해야 하나요?'

(2012)

그 아침의 난동자

모임에서 등산을 하기로 한 일요일 아침, 약속시간에 맞추어 서둘렀다. 이른 아침인지라 지하철은 쾌적했다. 습관처럼 눈을 감고 이어폰에 귀를 맡겼다. 얼마 후 이상한 낌새에 눈을 떠보니, 반대편에 앉은 남자 승객이 느리게 몸을 흔들었다. 듣던 음악을 잠시 멈추었다.

'Ha ha ha, beautiful sunday~'

남자는 흘러간 팝송을 불렀다. 공원을 걷는 일요일 아침이 아름답다고 흥얼거렸으나 목청을 높이지는 않았다. 간밤에 귀가하지 않은 취객인 듯한 그는 여흥을 소심하게 갈무리하고 있었다.

특정 노래에 대한 기억은 누구에게나 있기 마련이다. 그 노래를 들으니, '피식-' 웃음이 나왔다. 여고시절 수학여행의 단골 레퍼토리었기 때문이다. 그도 나처럼 한국전쟁 후 소위 '베이비붐 세대'에 태어났을까. 그 시절의 고등학생은 지금 되새겨도 생경한 '학도호국단'의 단원이었다. 학생 대표의 호칭도 대대장이었다. 조회 시간이면 분열과 사열 연습을 밥 먹듯이 했다. 그 뿐 아니라 '교련' 시간의 삼각건 실습은 그 점수가 성적에 반영되기까지 했다. 책가방과 도시락 가방에 더해 빨간 적십자 마크가 선명했던 교련 가방을 하나 더 들었던 하수상한 시절이었다. 당시 우린 소풍이나 체육대회는 물론 수학여행 때면 군인처럼 합창을 했다. 더러는 그 무렵 대세였던 반공가요도 애창곡에 포함되었으나 〈beautiful Sunday〉의 인기를 따라잡을 수는 없었다.

남자가 부른 노래의 특징은 예의 후렴구에 도돌이표가 수없이 붙은 양 하염없이 반복하는 것이었다. 그때, 안내방송이 나왔다.

"승객 여러분께 잠시 안내 말씀드립니다. 신대방역에 정차 중인 본 열차에 난동자가 있다는 제보가 있어 지금 확인 중입니다. 이 때문에 열차 운행이 다소 지연됨을 양해 바랍니다."

누군가가 휴대 전화로 신고한 모양이었다. 그때 지하철의 직원으로 보이는 남자 두 명이 어디선가 나타났다. 그들은 남자의 양팔을 하나씩 붙들었고, 남자는 중얼거리며 동행을 거부했으나 결국 쫓겨나고 말았다. 그의 일요일 아침은 노랫말처럼 아름답지 않았다.

지하철 2호선, 대부분의 승객은 들뜬 표정의 나들이객이었다. 나만의 착각인지 몰라도 남자의 여흥에 부정적인 태도를 보일 것 같지는 않았다. 강제 하차당하는 남자의 뒷모습에서 왠지 모를 쓸쓸함이 묻어났다. 난동자라 하기엔 그의 노래가 지나치게 낮았고, 소리도 작았다. 그렇다고 차내를 돌아다니거나 타인을 불편을 끼치지도 않았다. 조심스레 자리에서 일어섰다 앉기를 두어 번 되풀이하며 웅얼거렸을 뿐이다. 그의 실수라면 해장국이 필요한 시간에 해장곡을 불렀을 뿐, 난동으로 규명할 정도는 아니었다. 그가 성산대교에서 번지점프를 했거나 청계천에서 스트리킹을 한 것도 아니지 않은가. 그러나 이른 아침 그의 미미한 주사酒邪를 너그러이 보아줄 수 없는 우아한 취향의 승객이 신고정신을 발휘했으리라. 신체의 화상은 1, 2, 3도로 그 경중을 구분하여 치료의 강도를 달리한다. 이런 경우 난동의 정도를 구분할 수 있는 등급이 필요할 것만 같았다. 그의 난동은 아마 정상인의 경계선을 아슬아슬하게 넘긴 최하 등급에 속했으리라. 난동자라는 낙인과 강제 하차의 처분은 무리였다.

공공장소에서의 예절, 시민 의식 물론 필요하다. 신고 정신이야말로 타인에게 무관심한 사회의 미덕일지 모른다. 누군가의 소심한 일탈조차 용납할 수 없는 숨 막히는 도시생활에서 그는 어쩌면 우리들 속에 잠재된 욕망을 표출한 것은 아니었을까. 강제 추방된 그의 잔영은 쉽사리 사라지지 않았다.

승객들은 다시 눈을 감았다. 대부분 지극히 개인적인 행위로서의 음악 감상에 몰두하기 시작했다. 남자는 감상을 벗어나 표현을 시도한 것이 죄라면 죄였다. 나 역시 다시 이어폰으로 음악을 청했으나 좀처럼 음악이 귀에 들어오지 않았다.

(2011)

황혼의 이삭줍기

출근 시간대의 지하철 승객은 수면파와 독서파로 나뉜다. 수면파는 오직 잠을 위해 집을 나선 듯 앉자마자 졸다가 목적지에 이르면 자동으로 일어난다. 고성능 센서라도 부착한 것일까. 반면 독서파는 이어폰을 꽂고 읽을거리에 열중한다. 청력과 시력을 동시에 작동하는 신인류다.

그 틈에 분주한 이들은 폐지를 줍는 노인들이다. 그들은 불룩한 배낭을 메고 선반을 재빨리 훔쳐보며 걷는다. 백발 노인의 걸음걸이에서도 바람 소리가 난다. 앞 사람이 빈손으로 지나갔을지라도 기회는 많다. 승객들이 수시로 신문을 선반에 올려놓기 때문이다. 이삭줍기다. 언젠가는 칠십 대로 보이는 노인이, 나이가 더 들어 보이는 어르신에게 호통을 친 적도 있다. 자기보다 한 발 앞서 신문을 집어 간다는 것이다. 가끔은 선 채로 신문을 보는 젊은이 옆에서 다 보았으면 내게 달라는 무언의 압력을 행사하기도 한다. 저인망식으로 수집되는 폐지는 귀한 전리품이다. 그들의 손에 두툼한 신문 몇 장이라도 들려있으면 내 마음이 편하다.

거기에는 할머니도 한 분 끼여 있다. 며칠 전에는 할머니가 내 앞으로 다가섰다. 나도 모르게 일어나 자리를 권하자 조용한 음성으로,

"나는 그렇게 팔자 좋은 늙은이가 아니라요."

라며, 자연스럽게 선반에 놓인 신문지를 집고 있었다.

오늘 아침엔 못 볼 것을 보고야 말았다. 또 다른 왜소한 할머니가 선반에 놓인 신문 한 장을 줍기 위해 팔을 뻗쳤으나 한 뼘이 부족했다. 바로 옆에 선 젊은 승객이 그것을 도와주려는 찰나, 할아버지가 날렵하게 그것을 가로채더니 총총히 사라졌다. 할머니의 표정은 의외로 무덤덤했다.

노동은 신성하다. 노인들의 그것도 다르지 않다. 다만 소일거리가 아닌, 생활고를 타개하기 위한 방편으로서의 노인 노동은 우리를 우울하게 한다. 실버— 언제부턴가 고령화 시대를 말할 때 함께 오르내리는 어휘다. 인생의 황혼에 선 그들을 대상으로 한 실버산업은 수요가 폭발적으로 증가할 것이라는 예측으로 블루오션으로 불리기도 한다.

사실은 다르다. 노인 인구는 증가하지만 정작 경제력을 가진 이들은 많지 않다. 가족을 부양하며 헌신해온 그들에게 여유로운 노년은

희망사항일 뿐이다. 거기에 병마라도 덮치면 우울한 노년을 보내기 십상이다. 노년에 생활고를 염려해야 하는 현실, 성실한 가장과 국가 경제 발전의 견인차 역할로 젊음을 내준 대가치고는 씁쓸하다.

지하철 내에는 이런 광고도 있다. 경로석에는 어린이가, 일반석은 노인들이 앉아있는 장면이다. 그도 그럴 것이 요양원의 증가와 조산원의 감소에 대한 통계도 있다. 따라서 노인 인구의 증가를 우려하는 목소리도 높아졌다. 특정한 세대의 지칭인 노인이, 정책으로 해결해야 할 문제의 대상으로만 인식되는 것은 아닌지…. 고령화에 대비한 정책 실현에 걸림돌이 되는 현실적인 어려움은 공감한다. 그러나 노인은 곧이어 다가올 우리의 모습일 뿐, 문제의 대상만은 아니다.

이즈음 나는 황혼이 아름다운 세상을 꿈꾼다. 눈부신 태양의 현란함보다 은은히 번지는 서녘 노을의 감동이 덜하다고 말하기는 어렵다. 해 질 녘의 순한 볕에 반짝이는 은발을 이고 저마다의 색으로 곱게 물든 황혼을 꿈꾸는 것은 무리한 일일까. 그들이 주울 이삭이 폐휴지보다는, 삶을 반추하며 모은 추억이 영근 이삭이었으면 좋겠다.

(2010)

그녀의 연장통

서둘러 승차했으나 빈 좌석은 없었다. 앉아 있는 사람들은 느긋해 보였다. 단잠에 빠진 남자는 한밤중인지 고개를 숙인 채 전동차의 규칙적인 흔들림에 몸을 실었다. 이어폰에 귀를 맡긴 젊은이의 MP3에서는 음이 새어 나왔다. 아침에 듣는 요란한 리듬은 거북스러웠다.

나의 주인공은 찰랑거리는 은팔찌가 돋보이는 여성이었다. 화장 삼매경에 빠진 20대의 그녀는 내가 주시하기 전부터 공사 중이었다. 가는 브러시를 좁은 병에 담그더니 꺼냈다. 마스카라 액을 묻힌 브러시로 눈썹을 세우자, 익숙한 붓놀림에 다소곳하게 수그리고 있던 속눈썹이 위쪽으로 치켜 올라갔다. 뭉친 것들을 닦아내고 둥근 집게 모양의 도구로 그것들을 정리했다. 이어서 눈두덩에 아이섀도를 바르자 음영효과가 나타났는데, 이 공정에서도 붓을 두 개나 바꾸었다. 그녀의 눈은 바비 인형처럼 깜박거렸다.

은팔찌는 줌 렌즈로 피사체를 밀었다 당기는 듯 거울에 얼굴을 비춰보곤 했다. 약간 올라간 입 꼬리 때문인지 전체와 부분의 조화를 점검하는 태도조차 당당해 보였다. 덤빌 테면 덤비라는 태세로 보아 공사 결과가 만족스런 모양이었다. 전동차의 움직임에도 불구하고 작품세계가 그만한 수준에 오른 것은 그녀의 내공 때문이리라.

선 채로 그녀의 공사에 몰입하기는 옆에 선 남자도 마찬가지였다. 여자인 나도 신기한 걸 보면 그에게도 볼만한 구경거리임이 분명했다. 무관심한 척 힐끗 쳐다보는 나에 비해, 남자는 드러내놓고 바라보았다. 은팔찌와 남자의 눈이 마주칠세라 눈치를 보는 것은 나였는데, 여자라는 동류의식 때문이었는지 이유는 불분명했다.

관람에 몰입하다보니 다리가 뻣뻣해왔다. 은팔찌의 색조화장은 좀처럼 끝날 기미조차 보이지 않았다. 나의 목적지는 코앞인데 고작 눈 리모델링 공사만 마쳤을 뿐, 입술과 볼도 남아있는 상태였다. 드디어 큰 붓을 꺼내들더니 볼에 대고 귀를 향해 가볍게 털기 시작했다. 그때 아쉽게도 "이번 정류장은 부평, 부평역입니다."라는 안내 방송이 흘러나왔다. 20여 분의 관람에도 상량식도 보지 못한 채 먼저 내려야 했다. 그녀가 작업을 마치고 당당하게 준공 테이프를 끊는 순간을 기대했는데 어쩔 수 없었다. 미완성인 상태로도 아름다웠다. 다만 그 모습의 유효기간이 단 하루라는 것이 안타까웠을 뿐이다.

은팔찌를 보내고 나의 공사 수준을 점검했다. 그녀가 종합건축 면
허를 가진 전문건축가라면, 나는 고작 농가 지붕개량 공사나 하는
수준이 아닐까. 그녀가 눈 화장에만 공을 들인 시간은 20분, 반면
나는 아침이면 전체 공사에 고작 5분을 할애한다. 그동안 기초부터
외장 마무리까지 대충 끝낸 후 자리를 털곤 했다. 은팔찌는 여성의
원초적인 화장의 전통을 유지, 계승하려는 노력을 충실히 이행했다.

무엇보다 그녀의 파우치는 화수분이었다. 은팔찌의 준비성은 완벽
한 연장통의 내용물만으로도 입증되었다. 2단으로 된 그 안에서는 손
거울, 아이펜슬, 아이섀도, 마스카라 외에도 이름도 알 수 없는 도구들
이 빼곡했다. 거기에 비하면 나의 연장은 초라하기 그지없다. 휴대용
으로 지닌 것들이라야 거울 달린 콤팩트와 립스틱에 불과하다.

미국 작가 스티븐 킹은 그의 ≪유혹하는 글쓰기≫에서 자신의 연
장통에 많은 지면을 할애했다. 그는 개성 있는 좋은 글을 쓰기 위한
필수품으로 자신만의 연장통을 강조했다. 그것의 내용물은 낱말과
풍부한 어휘다. 독자와의 약속을 지키기 위한 적절한 문법도 빠트리
지 말 것을 귀띔했다. 도구를 적재적소에 사용하다 보면 쓸데없는
곁가지들도 과감히 쳐낼 수 있으리라. 과장된 감정이나 부풀린 표현
도 대패로 다듬는다면 말끔해지겠지. 무신경한 수동태와 부사 사용
은 물론 어휘 남발도 절제될 것이다. 숙달된 목수라면 섣부른 못질은
삼갈 것이다. 그의 주장이 아니라도 목수가 능수능란하게 연장을 다
루듯 명확한 소통에 공을 들여야 한다. 제대로 된 어휘력, 수사법

등을 다양한 방식으로 체득해야겠지.

이제라도 제대로 된 연장통 하나 꾸려볼 참이다. 묵직한 연장통을 메고 다니려면 먼저 어깨 근육부터 단련시켜야겠다. 크기와 모양도 제각각이며 쓰임새가 다른 도구들을 손끝에서 자유자재로 놀게 하리라. 그것들을 마련하기 위해 공구 상가를 헤맨다 해도 연장통에 채워야 할 도구들을 찾지는 못할 것이다.

나의 연장통을 채우기 위해 해 질 녘의 강변을 어슬렁거릴 것이다. 시야가 어두워지면 강물에 비치는 가로등을 핑계 삼아 벤치에 앉으리라. 바람결에 출렁이는 오렌지 빛 강물이 잠잠해지기를 기다려야지. 수면이 좀처럼 일렁임을 멈추지 않는다면 저녁 인파와 휘황찬란한 네온이 밀물처럼 밀려드는 사람의 숲으로 성큼성큼 걸어나가리라.

(2011)

걔네들

"네, 부장님. 그러시군요. 잘 알겠습니다. 수수료에 대한 저희 회사의 입장을 정리하여 곧 결과를 알려드리겠습니다. 감사합니다."

반대편 의자에 앉은 여성이 상냥한 음성으로 통화를 이어나갔다. 승객들은 주변을 개의치 않는 그녀의 통화가 마뜩잖은 모양이었다.

저마다 힐끗 쳐다보았으나 관대한 표정으로 변했다. 단정한 외모와 오른손으로 입을 살짝 가린 모습에 이내 너그러워진 것일까. 저 정도라면 공공장소에서 큰 소리로 통화해도 좋다고 암암리에 합의를 본 모양이다. 미모로 모든 것이 용서된다는 것이 바로 이런 상황일까. 만약 평범한 외모의 여인이 저런 통화를 한다면 원망의 눈초리로 힐끔거렸으리라. 깐깐한 사람이었더라면 "아가씨, 조용히 좀 갑시다.”라고 호통을 쳤을지도 모른다.

그녀는 통화를 끝내자마자 어디론가 전화를 걸었다. 이제 승객들은 그녀를 호의적인 시선으로 지켜보기까지 했다. 그런데 이번에는 화난, 급한 목소리였다. 숨겨둔 가면이라도 급히 꺼내 썼을까. 아니면 가면을 벗고 본색을 드러낸 것일까.

“차장님, 5%는 이빨도 안 들어가네요. 걔네들은 2% 아니면 안 된다니, 지들도 그럴만하죠. 본 매장 사장도 이 일 땜에 엄청 열 받았대요.”

거래처 회사의 부장과 담당자들은 ‘걔네’와 ‘지들’이 되어 도마에 올려졌다. 그녀가 조금 전의 그녀였단 말인가. 내 눈앞에서 벌어진 일인지라 달리 의심할 수도 없었다. 승객들도 놀란 듯 그녀를 쳐다보았다. 열 받은 것은 ‘걔네들’ 거래처의 사장이 아니라 그녀로 보였다. 절제된 음성의 통화로 조신스러워 보이던 그녀가, 막말을 뱉어내는 경박한 여인으로 변한 것은 불과 이삼 분이었다. 통화를 마친 그녀는 아무 일 없었다는 듯, 예쁜 모습으로 앉아 있었다.

공공장소에서의 절제되지 않은 통화는 눈살을 찌푸리게 한다. 처음 그녀가 거슬리지 않았던 것은 그녀의 다소곳한 자세 때문이었다. 업무상 꼭 필요한 통화내용을 엿들을 수밖에 없었던 승객들이 도리어 모른 척 배려해 주는 분위기였으니까. 직업 정신이 묻어나는 모습도 그녀에게 후한 점수를 주게 했으리라.

사람의 됨됨이는 좋지 않은 상황일 때 드러난다. 어려움에 처했을 때의 말투는 그 사람의 일면을 대신한다. 일본의 모토 마사루 박사는 물의 파동에 관한 의미 있는 연구 결과를 발표했다. 그것을 사진으로 본 적이 있다. '고맙습니다'라는 말을 들은 물의 결정은 균형 잡힌 육각형에 모서리에는 꽃 모양의 장식까지 매달고 있었다. 검은 바탕에 찍힌 투명한 흰 꽃무늬는 차마 마시기에도 미안한 화려한 모양이었다. 그것은 골든베르그의 변주곡을 들려주었을 때와 흡사한 모습이었다니, 듣기 좋은 말은 명곡에 버금간다는 것인가. 물이 사람의 언어에 반응한다는 사실이 새삼스러웠다.

조급증이 만연한 사회 분위기 때문인지 사람들은 여유가 없다. 여유 없음은 말에서 고스란히 드러난다. 옷감은 염색에서, 술은 냄새에서, 꽃은 향기에서, 사람은 말투에서 그 됨됨이를 알 수 있다던가. 그렇다면 말은 말 이상이다.

(2011)

만장일치

퇴근길 전철은 언제나 만원이다. 바로 앞에 앉은 파마머리 여인을 사이에 두고 두 여자가 진지한 얘기를 나누었다. 그들의 관심사는 파마머리의 무릎에 놓인 가방이었다. 그것은 '패치워크' 기법으로 만든 수제 가방으로 여러 조각의 천을 잇대어 손바느질한 것이었다. 잔잔한 꽃무늬나 체크무늬의 천은 파스텔 톤의 색조 때문인지, 옆 조각에 비해 두드러지지 않으려는 겸손함으로 배열되어 있었다. 예전에 그것을 배운 적이 있기에 나 역시 유심히 바라보았다. 여인들의 대화는 이어졌다.

"어머, 직접 만들었나 봐요. 이런 가방이 참 좋긴 해요. 나도 예전에는 저런 가방을 들었는데, 무겁더라구요."

"맞아요, 저런 가방은 비싸기만 하고 실속이 없어요."

수제 헝겊 가방 예찬은 어느새 '저런 가방'에 대한 평가절하로 넘어갔다. 선 채로 그들의 이야기에 귀를 맡겼던 나는 무심히 여인들을 바라보았다.

그런데 그녀들이 말하는 '저런 가방'은 바로 내 가방을 두고 하는 말이었다. 어느새 그녀들의 이분법은 '이 가방'과 '저런 가방'의 극명한 대립 구도로 치달았다. '이 가방' 팀의 선전으로 '저런 가방'을 멘 나는 코너에 몰리고 있었다. 누군가가 수건이라도 던져준다면 기다렸다는 듯이 링에서 내려오고 싶었다. 다른 곳으로 이동하고 싶은 마음도 있었으나 역마다 늘어난 승객들로 인해 움직이기조차 어려웠다. 그들에게 어떤 반대 의견을 제시한 적이 없음에도 공공의 적이 되어 날아든 화살을 온몸으로 맞았다. 급기야는 가방도 생략된 호칭인 '저런 것'으로 전락했다.

소심한 의견일치였으나 그들은 진한 동류의식과 연대감을 즐기고 있었다. 요즘은 무언가에 만장일치를 본다는 것이 좀처럼 드문 일이 되어버렸다. 커피와 식사의 기호도 달라 서너 명만 동석해도 두세 가지 메뉴는 넘기 마련이고, 타인의 의견에 고개를 끄덕이는 동조현상도 드문 일이 되어버렸다.

전동차는 생면부지의 남남일지라도 마음의 거리를 좁혀주는 이상한 힘이라도 있는 것일까. 그렇다면 그만한 미덕을 갖춘 교통수단도 흔치 않으리라. 비록 '저런 가방'의 소지자로 지목되었으나 그들의 긍정적인 정서작용의 제물이 되었다면 섭섭해할 일만은 아니지 않은가.

(2011)

'레깅스' 판매 작전

전동차가 환승역을 벗어나자 대낮의 차내는 한산했다. 그때 작은 수레를 끈 상인이 등장했다. 규칙적인 기계음에 무료함을 달래거나 졸음을 청하던 승객들도 그를 바라보았다.

"올 겨울 백화점이나 대형마트에 가 보세요, 가봐. IMF 때보다 더한 경제 위기에 파리를 날립니다, 날려요. 그런데 오늘 제가 가져온 상품은 7단계 품질 검사를 통과해 백화점에 입점했으나 불경기를 맞아 아주 싼 가격에 여러분을 모시게 되었습니다."

그가 주말을 맞아 북새통을 이루던 백화점을 가보았다면 그런 말은 안 했으리라. 이어서 설명만으로는 부족하다는 듯 바지를 걷었다. 종아리 부분이 윤기 나는 검은 레깅스를 잡아당기며, 말을 이었다.

"작년부터 입고 세탁도 많이 한 것인데 이렇게 매끄럽습니다. 보세요, 보푸라기 하나 없잖아요."

처음에는 승객들도 다소 불편했으리라. 그러나 넓은 지하철 내부를 천천히 오가며 승객에게 종아리를 내보이는 남자의 상술에 점차 적응해가는 듯했다. 한적한 차내인지라 그의 판매행위조차 신선한 퍼포먼스로 다가왔는지 모른다.

승객들의 반응이 그를 부추겼을까. 상인은 안경테의 장식이 화려한 할머니에게 성큼 다가가 레깅스를 보여주었다. 할머니는 스스럼없이 그의 다리를 만지다가 신축성을 확인하려는 듯 잡아당기기까지 했다. 이어서 고개를 끄덕이며 정말 신축성이 좋다며 맞장구쳤다. 할머니의 적극적인 호응 때문인지 대여섯 개를 팔았다.

방한용 하의인 레깅스는 언제부턴가 내복을 몰아내고 그 자리를 차지했다. 젊은 여성에게서 시작된 그것의 열풍은 국립국어원에서조차 '양말 바지'로 호칭하기에 이르렀다. 불특정 다수를 상대로 한 상인의 프레젠테이션은 성공적으로 보였다. 구매하지 않은 이들도 대부분 고개를 끄덕였으니까. 그렇게 그의 영업은 마무리되는가 했다.

그런데 반대편에 앉은 부부인 듯한 남녀는 서로 마주보며 고개를 갸웃거렸다. 급기야 남자가 자신의 바지를 걷어 레깅스를 보여주자, 여자는 촉감을 테스트하듯 손바닥으로 쓸어내렸다. 그들이 심사숙고하는 것은 판매 중인 레깅스의 품질 검증이 분명했다. 드디어 여자 쪽에서 할머니를 바라보며 시큰둥한 목소리로,

"딱 보니까 저것은 새 것이네, 오늘 처음 입고 나온 거야. 내 말이 맞죠?"

남자도 과장되게 고개를 끄덕였다. 자신이 착용한 제품이 오래된 것이라고 홍보했던 상인은 못 들은 척 다른 칸으로 이동했다. 둘은 기다렸다는 듯 제품 분석 결과를 얘기했다. '보푸라기도 없이 반지르르한 걸 보니 분명 새 것'이라고 했다. 이어서 남자는 자신의 레깅스야말로 '작년부터 입은 것'이라며 물증까지 제시했다. 상인은 그 자리를 떠났기 때문에 그들의 사소한 의견일치가 판매에 지장을 줄 상황은 아니었다. 다만 상인의 말에 적극 호응했던 할머니와 어색한 시선을 주고받았을 뿐이다. 그 어느 편의 손도 들어줄 수 없는 승객들로 인해 차내는 이상한 침묵이 장악했다.

금정역에 이르자, 남자가 홀연히 일어나 뒤도 돌아보지 않은 채 내렸다. 레깅스가 새 것이라고 의견일치를 본 여자와는 생판 남이었던 모양이다. 의기투합했던 조금 전의 일이 거짓말 같았다. 그들의 관계를 규명하지 못한 남은 승객들만 애매한 표정으로 그가 사라진 출입문과 여자를 바라보았다.

(2011)

여명 체조

신도림역에서 전동차를 기다렸다. 1월의 끝자락인지라 아침 일곱 시는 어두웠다. 고가도로에 걸린 전깃줄로 인해 새벽의 허공은 어지러웠다. 그곳을 날아가던 새는 그냥 지나간 적이 없었다. 누굴 만나려는 것도 아니련만 전깃줄에 잠시 앉았다 날아가곤 했다. 사람보다 느긋하게 살고 있는 것이 분명했다. 연일 계속되는 강추위로 승객들은 저마다 입김 한줄기를 불어대며 고단한 아침을 열고 있었다.

그때 반대편 레일 뒤쪽에서 인부들이 움직였다. 그들의 안전모는 움직일 때마다 가로등에 반사되어 번쩍거렸다. 작업에 앞서 준비를 하는 것으로 보였다. '지하철역 혼잡도 개선 공사'를 위한 컨테이너 건물 앞이었다. 새벽녘의 강추위는 그들 어깨에 지워진 밥벌이의 무게를 더하게 하리라.

그 무렵 열 명 남짓한 인부들이 국민체조를 시작했다. 익숙한 체조 음악은 학창시절의 운동장을 연상케 했다. 한 가지 특이한 것은 앞에 선 리더가 체조하는 방향과 반대편에 선 인부들의 방향이 다르다는 점이었다. 의아했다. 이어지는 동작도 마찬가지였다. 리더는 오른쪽으로 옆구리 스트레칭을 하고 있는데 나머지 사람들은 일제히 왼쪽으로 몸을 늘이고 있었다. 일부러 약속했다 해도 한 두 명의 실수는 있을 법한데 그들은 질서 정연하게 반대편으로 움직였다. 처음에는 몸 개그처럼 의아해 보였고 우스꽝스럽기까지 했다.

인부들과 반대 방향을 고집하는 체조 시범자에게서 왠지 낯익은 모습을 보았다. 나였다. 수십 년 전 유아들과 율동이나 동작을 할 때면 나는 반대방향에서 시범을 보이곤 했다. 구령은 '왼쪽으로!'라고 했지만, 동작은 오른쪽부터 했다. 평상시 순발력이 없던 나로서는 방향 감각에 혼선을 가져오기 십상이었다. 나의 이러한 전력은 오래전 운전학원 강사에게 들통이 나고 말았다. 강사가 우회전을 지시할 때면 왼편 깜박이를 작동하기 일쑤였다. 그뿐 아니라 가끔 조수석에서 길 안내라도 할 때면 "왼쪽으로 우회전!"을 외친 적도 있다.

돌이켜보면 나의 이런 성향은 방향에 국한된 것만은 아니다. 중의衆意를 모아야 할 안건에 대해 다른 의견을 가진 적이 많았다. 다만 그것을 적극적으로 표현하지 않았을 뿐이니, 겉으로는 같은 방향을 따르지만 마음으로는 엇박자를 놓았던 일이 부지기수였다. 내 의견을 개진했을 때 그에 따른 후속 조치의 번거로움을 피하려 함이었다. 그것은 참여 의식의 결여와 냉소주의, 나아가 권리 포기에 다름 아니었다.

문득 마주보는 인부들과 방향 혼선을 일으키지 않고 꿋꿋이 자신의 방향을 고수하는 리더가 대단해 보였다. 나라면 몇 번은 우왕좌왕 했으리라.

어쩌면 크고 작은 역사歷史도 저들의 체조처럼 서로 다른 방향을 받아들이며 인정하는 과정에서 쓰여져야 하지 않을까. 여명의 체조는 마지막 동작인 숨고르기에 이르러서야 방향의 일치를 이루었다. 마침 내가 기다리던 전동차가 급히 달려오고 있었다.

(2012)

부부 김밥

전동차의 소음이 멀어지고, 행인들의 발소리가 분주해질 때면 지하상가도 기지개를 켰다. 개찰구를 나서면 밥 냄새가 솔솔 풍기기 시작한 것은 지난 여름 무렵이었다. 전면이 통유리인 김밥집에서는 김이 모락모락 피어나곤 했다. 그곳은 아침을 거른 직장인들이 간단한 끼니를 해결하기에 맞춤한 위치였다.

'부부 김밥' - 그 집의 부부와 김밥은 그닥 어울리지 않아 보였다. 짧은 스포츠 머리에 어깨 넓은 남편은 앞치마도 입지 않은 채 엉성한 모습으로 야채를 씻었다. 때론 화난 것처럼 병째로 물을 들이켰다. 그의 지나친 복부 비만은 싱크대나 도마와 상당한 거리감을 느끼게 했다. 그 거리감은 결정적으로 주방 일이 그와 걸맞지 않은 업종임을 암시했다. 굳이 어울리는 일은 찾자면 대형 유흥업소의 관리자 분위기에 가까웠다. 여자는 차림새가 깔끔했다. 갸름한 얼굴에 날씬한 체구, 잠기운을 털지 못한 때문인지 표정은 어두웠음에도 미모는 빛났다. 새벽부터 화장에 공을 들인 얼굴로 김밥을 마는 손놀림은 엉성해 보였다.

그들이 대화를 나누는 일은 거의 없었다. 묵묵히 식재료를 다듬는 남자, 도마 위 김밥말이에만 시선을 고정 시킨 여자…. 부부는 행인들의 후각을 자극해놓고는 자신들과는 무관하다는 듯 시치미를 뗐다.

언제부턴가 그들의 아침에 자꾸만 마음이 갔다. 내가 그곳을 지나는 시간이면 본격적인 영업이 시작되곤 했는데, 가게의 안부를 묻는 마음으로 들여다보게 된 것은 마땅히 시선을 둘만한 데가 없어서만은 아니었다. 조만간 그들이 가게를 그만둘지도 모른다는 불안감 때문이었다.

얼마 전에는 지하도를 걸어가는데 예의 김밥 냄새가 사라졌다. 혹시 그들에게 무슨 변화가 있을지 모른다는 주제넘은 생각마저 들었다. 나의 궁금함에 답하듯 가게 유리벽에는 '휴가중'이 걸려있었다. 왠지 휴업으로 이어질지도 모른다는 생각에 휴가 기간이 길게만 느껴졌다. 다행스럽게 그것은 나의 기우에 불과했다. 영업이 시작되고 구수한 냄새가 지하도 내에 퍼지던 날은 내 일인 양 마음이 평안해졌다.

가을이 되자 부부는 통로에 오뎅, 순대가 놓인 좌판을 내놓았다.

사세 확장이었다. 그들의 손놀림은 분주해졌고 남자의 배와 도마와의 거리는 더욱 가까워졌다. 여자는 손님에게 김밥을 건네며 웃기 시작했으며 남편과 얘길 주고받곤 했다.

그들 삶의 다큐멘터리가 활기를 띠자, 덩달아 나의 발걸음도 가벼워졌다. 나의 상상력이 무너지는 행복감은 의외로 컸다. 부부가 엮어가는 밥과 삶의 경건한 일상성이 어느새 내게도 전이되었음이랴.

오늘 아침 개찰구를 나서 가게 앞에 이르니 돌기둥에 걸린 현수막이 시선을 붙든다. '원두커피, 과일 주스 개시' 형광 연두 바탕에 붉은 고딕체가 행인을 은근히 압박한다. 이제 그들의 밥벌이는 본격 궤도에 오르기 시작했다. 이제는 가게를 유심히 바라보지 않아도 그만이다.

(2008)

제3부
틈

뜻
꾼 줄 덫
표票 답答 징 상賞 게 틈

뜻

휴일 해거름, 안양천을 걸었다. 젊은 함성이 솟구치는 축구장을 지나쳤다. 동호회로 보이는 선수들은 일상의 권태와 지루함을 날리려는 듯 공을 '뻥, 뻥' 차올렸다. 하늘이라도 뚫을 듯 상쾌했다. 자전거와 롤러스케이트가 질주하는 전용도로도 나른함을 털고 시시각각 깨어났다. 그들에게서 멀어지자 새소리가 들렸다.

그때 어디선가 나타난 경찰이 목동교 방향으로 허겁지겁 달려갔다. 이어서 고참으로 보이는 흰머리 경찰과 젊은 여자 경찰이 호루라기를 불며 합세했다. 언제 출동했는지 반대편에는 119 구조대가 분주히 오갔다. 제복이 뛰자 덩달아 불안해졌다. 운동 나온 서너 사람도 경찰의 뒤를 따라갔다. 나도 그쪽으로 걸었다. 천변의 평화는 깨졌다.

　이내 경찰의 모습이 시야에서 사라졌다. 거리는 지척이었지만 키를 넘게 자란 단풍잎돼지풀이 눈치없이 시야를 가렸기 때문이다. 그들이 보이지 않으니 더욱 궁금했다. 천변 쪽 경사진 곳으로 내려가자 비로소 안양천이 보였다. 황금빛 물비늘이 숨죽이며 뒤척였다.

　그곳에서 젊은 남자가 물속을 걷고 있었다. 건너는 것이 아니라 상류를 향해 걷는 중이었다. 급하지 않은 강의 유속조차 힘에 부치는가. 연어도 아닌 그의 거스름은 힘들어 보였다. 경찰이 어서 나오라며 소리쳤으나 그는 멈추지 않았다. 지저분해진 흰 셔츠에 신발을 매단 검은 배낭이 무거워 보인 것은 느린 걸음 때문이었으리라. 뒤이어 나타난 흰머리 경찰이 더는 참을 수 없다는 듯 말살스럽게 다그쳤다.

　"당신 말이야, 뭐 하자는 짓이야. 어서 나와요, 나와!"

　"얼마 전 산에서 내려왔습니다. 다 뜻이 있어서 이러는 겁니다. 제 뜻이니 그냥 내버려 두세요."

　'뜻'에 밑줄을 긋고 싶었는지 힘이 들어 있었다. 말할 때마다 드러나는 이가 유난히 희었다. 마지못해 대답하는 음성은 낮고 부드러웠으나 정돈된 말씨는 의외였다. 이십 대 후반으로 보이는 그가 우발적으로 해넘이의 강가에 뛰어든 것으로 보이지는 않았다.

　경찰의 채근에도 불구하고 그는 평온해 보였다. 맞서 목청을 높일 만하건만 자제하는 기색이 역력했다. 가없는 하천의 길이와 오십 미터도 넘는 폭 때문인지 가까이에서 본 그는 무척 작아 보였다.

먼저 뛰어간 젊은 경찰이 더 이상 참을 수 없다는 듯 강으로 들어갔다. 경찰도 물속을 함께 걸으며 그를 계속 설득했다. 청년은 설법을 하듯 특유의 음색과 표정으로 다시 입을 뗐다.

"회개하려는 것입니다. 제가 뜻이 있어서 하는 일이란 말입니다."

이번에도 '뜻'에 방점을 찍었다. 죄송함을 연발했으나 그다지 미안해하는 것 같지는 않았다. 부드러운 표정과는 달리 뚝심깨나 있어 보였다. 흰머리는 '회개를 그렇게 하면 당신 종교 욕 먹이는 일이다. 차라리 한강에나 갈 일이지, 하필 여기까지 와서 귀찮게 구느냐.'며 언성을 높였다. 구경꾼들을 바라보며 동조를 구하더니, 당장 나오지 않으면 119가 끌어낸다는 협박도 불사했다. 그의 뜻은 청년의 사연이나 안전보다는 자신의 근무 구역에 와서 일요일 오후의 휴식을 깨는 것이 못마땅한가 보았다.

하천을 거슬러가던 청년의 뜻과, '귀찮게도 하필 우리 구역이냐?'는 경찰의 뜻은 팽팽하게 맞서는가 싶더니 이내 줄이 끊겼다. 강에 들어갔던 경찰이 그를 끌고 나왔기 때문이다. 청년의 바지는 허리까지 젖어있었다. 일교차로 강의 기온이 내려간 때문인지 얼굴에 검푸른 빛이 돌았다.

그의 전생은 갠지스 강에 몸을 담그고 수련하던 사두(Sadhu)였을까. 참새에게 자신의 뜻을 설명할 수 없었던 봉황이라도 되는 듯 결연한 그의 표정은 어두웠다. 그가 인도의 바라나시의 강을 걸었더라면 누구의 간섭도 없었으리라. 그는 무슨 일을 겪었고, 어떤 죄를 지었길래 막무가내로 고집을 부린 것일까.

혹시 이 사회가 그에게 지은 죄는 없을까. 그가 자기 방식대로의 회개로 어려운 세상의 강을 건너다가 경찰을 따라가는 뒷모습은 여운이 길었다. 지느러미도 비늘도 없는 그의 왜소한 등을 향해 외치고 싶었다. '네 죄는 이미 사하여졌느니라.'

예정된 산책로를 걷다보니 서녘 하늘이 고왔다. 자신의 일과를 아름답게 마무리하려는 듯 오렌지 빛 색조화장에 공을 들였다. 노을은 직각만을 허용하는 고층 건물에게 다가갔다. 하루 분량의 열정을 소진한 발그레한 그녀가 마천루에 안겨보지만 끄덕도 없었다. 시한부의 열정으로는 냉정한 벽의 마음을 돌릴 수 없었다. 일몰의 뜻과 높은 벽의 뜻은 서로 그렇게 겉돌기만 했다.

이윽고 지는 해는 벽에게 거부당한 상처를 안은 채 산책로에 들어앉은 억새밭까지 다가왔다. 키를 넘은 억새와 노을은 만나자마자 서로 얼싸안고 몸을 비볐다. 바람도 그들이 몸을 섞기를 기다렸다는 듯 부추겼다. 노을이 정염을 주체하지 못하고 억새와 정을 통했다. 자연이 연출한 에로틱한 서정시였다.

찌든 도회의 수행자, 초라한 청년을 뒤따라 내 마음은 서너 번도 넘게 강물에 뛰어들었다. 도심의 폐수를 담아 흐르는 안양천은 명경지수와는 거리가 먼 생활 하천이다. 이곳이야말로 마음을 씻고 다시 시작하기에 더 없이 좋은 곳이 아닌가. 몸을 적실만 한 변변한 내(川)

하나 없는 도회의 삭막한 초저녁, 청년의 뜻을 품어줄 억새밭이라도
있었으면 좋으련만….

(2009)

꾼

밤이 이슥해졌다. 무대도 시나브로 활기에 넘쳤다. 라이브의 명소인 이곳으로 안내한 친구는 10시부터 가수 H의 무대라고 했다. 그녀만을 보기 위한 손님도 제법 많은 듯 실내는 빈자리가 드물었다. 모처럼 일상의 권태를 벗고 느슨한 분위기에 나를 맡기니 그냥 느긋하게 즐기기만 하면 되었다.

드디어 H의 무대가 시작되었다. 이 업소의 간판가수인 그녀는 결코 미성美聲이라 할 수 없었으나 특유의 매력이 있었다. 무거운 것 있으면 내려놓으라고, 잠시 이런 시간도 필요한 것이라고 부추겼다. 서먹서먹했던 장내 분위기는 언제였느냐는 듯 무장해제 된 마음은 어느새 다음 곡을 기다리게 했다. 간주를 이용한 멘트도 톡톡 튀었다. 고도의 연출인지 몰라도 손님의 비위를 맞추는 것 따위에는 무관심해 보였다.

관객들은 그녀에게 몰입했다. 발라드 선율에 맞추어 휴지를 손수건인 양 흔드는가 하면, 제자리에 서서 리듬에 몸을 맡기는 등 반응도 다양했다. 그들보다 용기가 없는 대부분의 사람들은 앉은 채로 흥얼거리거나 고개를 움직이며 그 시간을 즐겼다.

용감한 오십 대 아저씨가 등장한 것은 그때였다. 자리에서 일어나더니 무대 가까이로 접근했다. 노래에 취해 자리를 박차고 나올 수밖에 없었던 모양이다. 정작 원인제공자인 그녀는 노래 사이사이에 우스갯소리로 그를 제압했다. 그녀의 따끔한 충고(?)에도 남자는 마냥 싱글벙글이었다. 그녀의 교통정리는 노련했다. 욕쟁이 할머니의 식당에 단골이 넘치는 것과 같은 이유일까. 잠시 혼란스러웠다. 그 남자는 두어 번 열렬한 반응을 온몸으로 표현했지만, 번번이 접근을 거부당했다. 그래도 마냥 즐거운 표정인 것을…. 그녀는 특유의 카리스마로 실내를 장악했다. 작은 체구에서 발산되는 끼의 원천이 궁금했다.

자리에서 슬며시 일어나 무대에서 가까운 곳으로 갔다. 외모나 가창력이 뛰어난 편은 아니었다. 그렇다면 이 늦은 시간 저마다 하루의 지친 깃을 잠시 접고, 귀가를 늦추며 그녀의 출연을 기다리게 한 비결은 무엇일까.

그녀에게서 달인의 면모를 보았다. 가끔 텔레비전에서는 여러 분야의 달인들을 보게 된다. 그들의 감각과 신체는 전 자동 시스템으로 작동되곤 했다. 멀리 5층 건물 창으로 정확히 신문을 넣는 일은 예사고, 종일 빚어내는 만두피의 무게가 똑 같은 사람 등 업종마다 장기는 다양했다. 그들은 한결같이 밝은 표정에 웃음을 잃지 않는다는 공통점도 있었다. 그렇다면 달인은 단순 반복되는 기능이 뛰어난 사람만은 아닐 터, 스포츠에서도 경기를 즐긴 선수가 진정한 승자라던가.

자신의 무대를 온전히 즐기며 돈도 버는 H를 보며, '저 정도 즐기려면 도리어 돈을 내야 하지 않을까? 하는 착각이 들 정도였다. 진정한 삶의 꾼, 그녀야말로 이 밤의 승자勝者였다. 나는 언제 그녀처럼 내 삶을 마음껏 즐겼던가. 주어진 상황에 온전히 몰입했던가. 분주한 일상에 방전되었던 나의 에너지는 그녀에게 마음을 빼앗긴 동안, 어느새 재충전이 되었음을 알리는 녹색불을 깜박였다.

그녀가 피날레 곡을 목청껏 부르더니 내게 물었다.

"네 삶의 진정한 꾼이 되어 본 적이 있느냐?"

(2010)

줄

"왕복 500m를 50분간 운행합니다."

남자의 말에 귀를 의심했다. 시속에 익숙한 고정관념 때문이리라. 느리게 걷느니만 못한 속도가 아닌가. '테우' 운행에 소요되는 시간이 과연 맞는지 되물었다. 남자는 한 술 더 떠 자신의 컨디션이 좋지 않으면, 10분이 더 걸린다고 했다. 그렇다면 한 시간이다. 느림에 몸을 맡기자고 작정한 제주 올레 나들이에서까지 시간을 재고 있다니 우스운 일이다.

쇠소깍은 올레 6코스의 시작점, 서귀포 효돈의 포구다. 그곳의 명물 '테우'는 뗏목의 방언으로, 통나무를 실하게 이어 붙여 대나무 의자를 놓은 것이 전부였다. 등받이도 없어 여남은 사람이 앉으면 그만이었다. 나무를 깎아 만든 깃대에는 태극기가 느리게 펄럭였다. 깃대는 차라리 솟대에 가까웠다. 주황색 구명보트만이 자신도 배라고 주장하고 있었다.

승선을 결심했다. 남자의 공식 호칭은 선장이었다. 그가 별일 아니라는 듯 줄을 잡아당기자 테우는 서서히 움직였다. 그것은 동력장치도 없었다. 기계음 대신 수면과의 마찰 소리만이 차지게 들려왔다. 자전거 역시 온전히 사람의 힘으로 움직이지만, 페달을 통해 힘을 전달받을 때만이 나아간다. 결국 기계의 힘이 들어가야 한다. 21세기, 쾌속 질주의 시대에 동력없는 탈것이 있었다니….

알려지지 않았다는 절경이 비로소 드러났다. 작은 나무의 뿌리로 인해 갈라진 큰 바위의 단면이 보였다. 낙숫물이 바위를 뚫을 수 있음을 실감했다. 억실억실한 인상의 그가 바위 이름을 소개했다. 벌집 바위, 호랑이 발자국 바위…. 승객들은 고개를 끄덕였다. 대단한 정보인 양 진지하게 메모하는 이를 보더니, 사실은 자신이 마음대로 지은 이름이라며 너스레를 떨었다. 그것은 시작에 불과했다. 동네의 공동사업인 '테우'의 선장으로 발탁된 동기와 쇠소깍의 유래를 적절히 버무린 그의 안내는 일품이었다.

그 사이 줄은 바닷물에 잠겼다가, 수면을 양분하며 떠올랐다. 그가 세차게 당길 때면 물수제비를 뜨는 듯 물방울을 튕기기도 했다. 큰 바위에 묶인 굵은 동아줄은 물을 머금어 더욱 실해 보였다. 테우는 그렇게 느리게 수면에 배를 밀었다.

테우는 그가 줄을 잡아당긴 만큼만 나아갔다. 동아줄은 그의 핸들이었고, 팔은 변속기이자 액셀러레이터였다. 고무장화로 중무장한 그의 가슴팍은 이미 젖었고 이마에는 땀이 송글송글 맺혔다. 노동으로 다져진 팔 근육은 겨울 햇빛에 반짝이는 물방울을 달고 있었다.

사람들은 줄에 연연한다. 그것을 잡으면 세상살이가 한결 수월해진다고 믿기 때문이리라. 그것에 의해 시간을 단축하고, 땀과 눈물을 생략할 수도 있다고 여긴다. 동화에서처럼 하늘에서 굵은 동아줄이라도 내려와 남루한 현실에서 자신이 구제받는 기적을 꿈꾸기도 한다. 선장의 줄은 달랐다. 세인들이 잡으려는 과정을 생략하기 위한 줄이 아니었다. 혼신을 다한 만큼만 나아가는 그의 줄은 신성했다.

이윽고 반환점에 이르렀다. 답답하고 더딜 것이라 생각했던 뱃놀이가 주는 즐거움은 쏠쏠했다. 그의 말투는 제주 특유의 함축적인 어미語尾 구사로 4,4조의 시조를 연상케 했다. 뒷말을 뭉뚱거리는 듯한 그의 선창先唱이 들리는 듯했다. 나도 덩달아 소리를 삼키며 그와 메기고 받기 시작했다.

선장: 우리동네 효돈마을 손꼽히는 감귤동네
　　　많고많은 청년들이 테우선장 원했지만
　　　인물좋고 머리좋은 내가바로 적임잘세

나:　　사람들은 모두각각 손안대고 코풀려고
　　　더쉬운줄 이것인가 좀나은줄 어디없나

이세상의 그많은줄 잡지못해 안달하고

선장: 쇠소깍의 절경소문 관광객이 다녀간후
      뱃사공을 처음봤나 화제만발 인기절정
      텔레비전 인터넷은 내얼굴로 단골도배

나: 세상살이 쉽게쉽게 남보다더 빨리빨리
      겨우겨우 잡게되면 놓칠세라 전전긍긍
      감지덕지 잡은줄은 백골난망 그저감사

선장: 쉴틈없는 중노동이 쉬울리야 없겠지만
      내남없이 지고있는 등짐이야 매한가지
      내힘으로 가는뱃길 땀흘리니 떳떳하지

나: 태우선장 하루종일 숨고를새 없는노동
      사람들은 알리없지 시시포스 행복감을
      속절없는 바람일랑 이제그만 단념하게.

주거니 받거니 하다 보니 어느새 선착장에 다다랐다. 그곳에는 스무 명 남짓한 사람들이 태우를 기다리고 있었다. 그새 친근해졌는지 누군가가 그에게 말했다.

"선장님, 사람들이 많아 돈 많이 버시겠네요."

"저 사람들이 줄 서 있다고 다 타는 것은 아니란 말입니다."

부질없는 기대와 거품을 걷어낸, 세상살이의 지혜가 담긴 그의 말
은 명쾌했다. 승객들의 웃음이 수면으로 흩어졌다.

(2010)

덫

도둑고양이가 말썽이었다. 녀석들의 만행은 교사회의에서도 거론
되었다. Y 선생이 퇴근하려고 계단을 내려오면 기다렸다는 듯 지키
고 있단다. 고양이를 유난히 무서워하는 그녀의 비명 소리도 여러
번 들었다. 벽에 걸린 유아들의 작품을 할퀴기도 했다. 그뿐 아니다.
조리사가 몇 번 큰 소리로 내쫓았더니 그녀를 뚫어질 듯 쳐다보며
두세 마리가 시위하듯 지나간다고 했다. 주방 앞을 느리게 지나는
녀석들의 눈초리가 끔찍하다며 고개를 절레절레 흔들었다. 겨뤄보려
는 심산일까.

그들 중 주동자로 지목된 녀석은 우리가 '네로'라 부르는 검은 고
양이였다. 정신적 피해자들만의 현장검증 후 내린 결론은 '이대로

놔둘 수 없다.'였다. 무엇보다 유아들이 생활하는 곳인지라 해결이
시급했다.

　누군가가 구청에 신고하면 도움을 준다고 했다. 설마하는 마음으
로 문의해 보니 구청에는 '유기견' 업무를 담당하는 이가 있었다. 덫
을 대여한 후 고양이가 걸렸을 때 연락을 하라고 했다. 세분화된 행
정시스템에 감탄한 것도 잠시, 방황하는 동물들이 그토록 많다는 사
실이 놀라웠다.

　그렇다면 잡은 고양이를 어떻게 하는지 궁금했다. '덫'에 대한 부정
적인 선입견을 운운할 상황은 아니었지만 썩 내키지도 않았다. 그
문제를 담당자에게 문의하니 '유기견 응급 구조 센터'에서 데려간다
고 했다. 또한 덫에 걸린다 해도 고양이에게 상처가 나거나 울지 않
으며, 전화 한 통화만 하면 모두 해결해준다며 안심하라는 덕담도
잊지 않았다. 내 앞에서 험한 일이 벌어지지 않는다는 것만으로 안도
했다. 동물 관련 TV 프로그램에서는 야생을 잃은 동물들에게 본성을
되찾도록 훈련을 시키는가 하면, 구조 활동을 하는 이들이 많았다.
전문가들이니 네로에게 가장 좋은 방법을 제공해주겠지 하는 쪽으로
마음을 굳히기로 했다.

　대여 받은 덫은 두 사람이 들기에도 만만찮은 무게였다. 구멍이
숭숭 뚫린 긴 직육면체로 내부가 훤히 보였다. 유아들 눈에 뜨이지
않는, 네로 일행이 수시로 출몰한다는 후문 계단 아래로 덫을 설치
했다.

다음 날, 출근과 동시에 덫의 안부를 살피려니 가슴이 두근거렸다. 그 안에서 네로가 노려보고 있을지 모른다는 두려움이 컸다. 뜻밖에 생선은 흔적도 없고 덫은 비어 있었다. 야식으로 가로챈 것이 분명했다. 순간 녀석은 어디선가 우릴 비웃었을 것이다. 네로의 1승을 인정하고 다음 경기를 위해 고등어 머리를 더욱 단단히 매달았다.

이튿날 아침에도 덫을 놓은 곳으로 먼저 달려갔다. 조용했으나 주변에 긴장감이 서렸다. 덫에 갇힌 것은 네로는 아니었다. 처음 보는 고양이로 호피무늬가 우아해 보였다. 눈만은 바라보지 않았어야 했는데 엉겁결에 마주치고 말았다. 이미 때는 늦었다. 녀석은 나에 대한 원망을 쏘아보는 것으로 대신했다. 섬뜩했다. 완벽한 원의 큰 눈동자는 유리구슬을 연상케 했다. 베이지색의 꼿꼿한 수염에 닿기라도 한다면 생채기가 날 것 같았다. 촘촘히 세운 사선의 수염은 심리전에 주효한 고성능 무기였다.

열 살 무렵이었다. 방학을 맞은 외갓집 나들이는 즐거웠으나 그곳에는 늘 고양이가 있었다. 사촌 언니는 고양이와 나를 한 방에 두고 방문을 잠그었다. 부들부들 떨며 녀석의 눈을 피하며, 문을 열어달라며 두드렸을 때 고양이는 발톱을 세우며 주변을 맴돌았다. 짧은 순간이었으나 극심한 공포심을 느꼈다. 고양이와의 평생 불화를 예견하는 사건이었다. 그때 노려보던 점점 커지던 그 눈동자가 떠올랐다. 녀석들의 영악함을 보고 들을 때면 '고양이는 세상의 모든 것이 인간을 섬겨야 한다는 정설을 깨트리려 세상에 왔다.'는 말이 떠오르기까지 했다.

　신고한 지 30분 후 '야생동물, 유기견 응급 구조'의 붉은 활자가 선명한 차가 달려왔다. 녀석을 덫에서 옮기는 과정은 차마 볼 수 없어 주차장에서 기다렸다. 이윽고 노란 자루에 담긴 녀석이 장애물 경기에 출전한 듯 이리저리 뛰었다. 운전자는 움직이는 자루를 두 손으로 번쩍 들어 트렁크에 싣고 떠났다.

　네로를 위한 덫은 아직 유효하지만 보름이 지난 지금까지도 잠잠하다. 새로 매단 고등어 머리로 녀석들을 유인하기는 그른 모양이었다. 이곳을 위험구역으로 선포한 것이 분명하다. 내가 언제부턴가 고양이를 이토록 간절히 기다리고 있었단 말인가.

　네로가 어디선가 나를 주시하고 있는 것만 같다. 자신을 노렸으나 동료를 잡아간 것에 대한 원망을 키워가고 있으리라. 차에 실려 간 호피무늬의 눈망울도 나를 놓아주지 않는다. 그들이 자루에 담겨 실려 간 후 어찌되었는지 생각하면 마음이 무거워진다. 오늘도 몇 번씩 덫을 확인한다. 무기한의 숨바꼭질은 허탈하다.

　이제 덫을 거두어야겠다. 무언가를 잡으려했던 대상에게 도리어 잡히고 말았던, 자신이 놓은 덫에 스스로 걸려든 일은 허다하다. 나타나지 않은 네로, 나야말로 녀석의 덫에 걸려든 것은 아닐까.

(2010)

표票

모처럼 경주 나들이를 가게 되었다. 코레일 홈페이지에서 동대구
까지 KTX로 예약하고 카드 결재를 끝냈다. 출력 안내에 따라 클릭하
니 승차권이 나왔다. 이름하여 홈 티켓이다. '홈'과 '티켓'의 어휘는
서로 겉돌았다. 홈이야말로 어떤 티켓도 요구하지 않는 장소가 아닌
가. 내 손에 들어온 차표는 한낱 종이에 불과했다. 여행이 예약된
사람의 전유물인 기대감과 들뜬 마음까지 외면했다. 눈치 없는 무표
정이라니.

예전에도 인터넷 예매를 한 적이 있다. 그때마다 무인 발급기도
마다하고 승차권만은 역 창구에서 직접 발급받곤 했다. 매표원의 손
을 거친 것이라야 제 맛이었다. 나의 일상 탈출을 생면부지의 그에게

도 인정받고 모처럼 설렘에 잠기는 부가 서비스도 얻을 수 있기 때문이었다.

출발 당일, 서울역 대합실은 북적거렸다. 개찰구를 빠져나가는데 검표원이 보이지 않아 습관적으로 두리번거렸다. 금박을 두른 모자에 감색 제복의 남자가 작고 두꺼운 열차표를 펀치로 뚫어주던 경쾌한 소리를 찾았다. 그들이 사라진 것은 최근의 일은 아니다. 이제 개표 없는 열차는 특이한 일이 아니다. 생각해보니 '찰칵'으로 남아 있는 차표 뚫는 소리는 단순한 개찰 표시의 기능만은 아니었다. 경쾌한 단음에 비로소 여행을 실감했다.

유년의 소꿉에도 '차장놀이'가 대세였다. '엄마놀이'에는 따라가지 못했지만 우리는 그것을 즐겼다. 연습장 귀퉁이를 잘라 만든 표를 차장에게 내밀었다. 차장은 그것에다가 알 수 없는 글씨를 끼적거린 후 되돌려 주었다. 스테이플러를 알게 된 후에는 차표 귀퉁이를 찍어 판매하는 매표원이 인기 직종으로 부상했다. 서로 차장이나 매표원을 하려고 은근히 기 싸움을 했다. 나는 주로 표를 내는 다소곳한 승객으로 밀려났다. 놀이를 통한 학습의 효용을 그때 알았더라면 놀이 본능에 더욱 충실했으리라.

버스 통근 시절이었다. 완행버스를 타기 위해 매번 표를 산다는 것은 번거로웠다. 버스 회사 측에서도 소액을 할인하여 한 달 차표를 선구매하기를 권했다. 시간에 쫓기던 아침인지라 일명 '통근부대'라 불리던 우리도 대찬성이었다. 오십 매를 받은 날은 주머니가 두둑했다. 차표는 갱지에 인쇄된 명함 크기에 검표도 단순했다. 차장이 좌석을 순회하며 표에 사선을 거칠게 그어대면 그뿐이었다. 유년의 차장놀이를 마스터한 지 이십여 년이 지났음에도 차표에 사선을 긋던 차부 총각의 숙달된 모습이 멋져 보였다.

차표가 등장하는 추억 몇 장을 넘기고 나니 이제 표를 소지할 기회는 점차 멀어진 듯하다. 그것을 손에 쥠으로써 느꼈던 든든함도 사라졌다. 사양길에 접어든 구식 종이표의 쇠퇴를 받아들이고, 제도 개선으로 편리해진 점만 인정하면 그만인데 왠지 허전하다.

그나마 아직 내가 간수할 표가 있음은 다행이다. 빳빳한 사우나 이용권이다. 상단의 보라색 줄이 사랑스럽다. 30장을 구입하면 몇 개월은 든든하다. 그것이 중세의 면죄부는 아니어도 1주일분의 일상의 때를 씻어낼 수 있는 증표임은 분명하다.

50여 년 전으로 거슬러 올라가 보자. 한 마리의 정자가 블랙홀을 향해 질주했다. 선착순의 첫자리에 선택되기 위해 달리고 달렸다. 꼬리를 흔들며 달리는 수많은 경쟁자들을 추월했다. 내 생애 최고의 질주였다. 모체의 난자에 수정되는 순간, 큰 상이 주어졌다. 생명체와의 교환 티켓이었다. 그것을 손에 꼭 움켜쥔 나는 그것을 놓치지 않으려 40주를 간신히 버텼다. 출생의 순간, 산파가 궁둥이를 톡톡 치는 바람에 엉겁결에 꼭 쥔 표를 내놓았다. 그때 터뜨렸던 울음은 갖고 있던 유일한 표를 손에서 놓아버린 아쉬움의 표현이었을까.

모체를 이탈한 순간 내놓은 입장권. 그것으로 나의 세상살이는 시작되었다. 표 한 장의 힘은 무궁했다. 지상의 시·공간을 마음껏 사용함은 물론 많은 인연들을 만나 소통하며 그들 틈에서 웃고 울며 만남의 고리를 이어갔다. 이렇듯 표는 나의 생에서 뗄 수 없는 존재였다.

지금도 나는 집착한다, 표에. 돌이켜 보면 그것의 용도가 무엇이든 내 생명의 발원지에서 교부된 표를 시작으로, 그것을 받고 내놓기를 반복했다. 표와 동행의 연속이었다. 언젠가 내 생의 마지막 문이 닫히고 새로운 문이 열릴 때 내 생의 마지막 카드를 또 한 장 내놓아야 한다. 세상살이는 표의 놀음이었다. 삶은 결국 내놓아야 할 그것 한 장을 내 손에 쥐기 위한 과정이 아니었을까.

(2009)

답答

출연자의 긴장된 표정이 클로즈업된다. 망설이다가 정답판을 든 여학생의 표정이 어둡다. 순간 적막이 감돈다. ○○여고 최후의 1인으로 남은 학생이 기록한 답은 "죄송합니다."였다.

정답을 적지 못한 학생을 응원하던 친구들은 '괜찮아!'를 외치며 주인공을 에워싼다. 그들의 함성과 색종이 조각이 모니터를 채운다. 아쉬움을 전하는 진행자의 말과 함께 그들의 열전은 끝났다.

일요일 초저녁 〈도전 골든벨〉은 업그레이드 된 '장학퀴즈'다. 35년 전 〈MBC 장학퀴즈〉는 고등학교 시절 차인태 아나운서의 진행으로 첫 방송을 시작했다. 그것의 시작을 알리는 시그널 음악은 텔레비전 앞으로 나를 불러들이곤 했다. 용케도 정답을 맞출 때면 아버지는 헛기침으로 칭찬을 대신했다. 헛기침은 정확하고 인색했다. 정답 하나에 딱 한 번으로, 막내라 하여 그것을 남발하는 경우는 없었다. 아버지의 헛기침 소리를 더 듣기 위해 답을 놓칠세라 조마조마했다. 그 때문일까. 지금도 퀴즈 프로만 보면 심장 박동이 다소 불규칙해진다.

퀴즈와 관련된 믿을 수 없는 이야기가 있다. 모든 정답이 출연자의 경험과 일치한다. 과연 그런 일이 일어날 수 있을까? 진행자가 질문을 던지면 정답과 관련된 자신의 에피소드를 떠올리며 답을 맞춘다. 영화 〈슬럼독 밀리어네어〉의 스토리다. 영화는 이것에 대한 개연성의 문제를 파고들면 성립될 수 없다. 이렇듯 리얼리티와는 거리가 먼 이 영화에 대해 아카데미는 작품상 등 8개 부문 수상을 안겼다. 이유는 무엇일까?

주인공 자말은 인도 뭄바이 빈민가의 소년이다. 그는 종교분쟁으로 유년기에 엄마를 잃고 산전수전을 겪으며 자란다. 자말은 거액의 상금이 걸린 〈누가 백만장자가 되고 싶은가?〉라는 프로그램에 출연한다. 어린 시절 헤어진 소녀 라티카를 찾기 위해서였다. 라티카는 그처럼 불우했으며, 그 퀴즈쇼는 그녀가 좋아하는 프로그램이었다. 퀴즈에 나오기까지 자말의 삶의 나침반은 오로지 라티카를 향해 고정되었다. 그녀만이 생의 목표였기 때문이다.

자말은 뜻밖에 어려운 문제까지 척척 맞추며 결승에 올랐다. 빈민 소년의 선전에 시청자는 환호했으나, 프로그램 관계자들은 그를 의심해 경찰에 고발한다. 수사과정에서 자말이 살아온 과정에 답이 있

었음이 밝혀진다. 모든 문제의 정답은 우연하게도 그가 겪은 일이었
다. 구체적 경험은 누구나 기억하기 마련이다.

〈슬럼독 밀리어네어〉가 관객을 불편하게 하는 요소는 많다. 인도
빈민가의 풍경이 오리엔탈리즘적인 시선으로 재현되었으며, 그들의
근원적인 삶에 접근하지는 않았다. 정작 관객이 직시하고자 한 불편
한 요소들을 로맨틱한 이미지로 슬쩍 덮었다. 그도 그럴 것이 영화의
원작인 ≪Q&A≫의 작가 비카스 스와루프와 감독 대니 모일은 영국
인이다. 그에 대한 선입견 때문인지 영화는 제3세계의 빈곤을 이야깃
거리로 소비하는 선진국의 오락물로 보였다. 그렇다면 자말의 퀴즈
쇼 출연은 빈민가 소년의 백만장자 환타지였을까.

우여곡절 끝에 영화가 내린 결론은 운명적 사랑의 승리였다. 자말
은 자신을 지켜봐 주기를 바라는 한 사람을 위한 도전으로 꿈을 이룬
다. 그것을 굳이 개연성의 부재로 지적하고 싶지 않다. 어린 시절
그가 겪은 고난에 대한 증거나 보상이어도 좋다. 현실에서 이루기
어렵기에 더욱 값진 것이 아닐까. 실현 불가능한 설정이라지만 주인
공의 꿈을 용납하는 일 또한 너그러운 마음으로 누릴만한 즐거움이
었다.

모든 고난을 이겨내고 끝까지 찾아내야 할 한 사람이 존재한다는
것만으로 세상은 살만하지 않을까. 자신에게 가장 절실한 것을 끝까
지 지켜내는 용기야말로 승자의 조건이라는 생각이 든다. 어린 자말
이 '누군가를 사랑한다는 것은 그 사람이 살게끔 하는 것이다.(애지욕

기생, 愛之欲其生)’라는 논어의 가르침을 감지한 것일까.

삶은 나에게도 크고 작은 문제들을 내던진다. 월말고사도 기말고사도 아닌 불시에 치러야 하는 수시 전형이다. 선다형의 오답조차도 스스로 작성한다. 이때 내가 답을 구하는 방식은 그다지 논리적이거나 합리적이지 않다. 경험에 비추어 주먹구구식으로 답을 내놓곤 한다. 그렇다고 비논리적이고 무의식적으로 내린 결정이 큰 지장을 준 것 같지는 않다. 내 일상의 규모가 소시민인 것은 참으로 다행스럽다.

조촐하지만 내 삶의 CEO는 나에 대한 전문가인 나다. 누구나 자신에게 주어진 문제의 답은 자신이 알고 있다. 그것에 대한 조언과 자문을 구한다 해도 자기 위안을 삼기 위한 과정에 불과한 경우가 대부분이다. 지식과 경험의 상호 보완을 거쳐, 결국은 과거의 경험으로 문제를 해결하곤 한다. 정답을 찾기 위해 다른 이의 노트나 답안지를 굳이 들여다본다 해도 나름대로의 답안을 작성하기 마련이다. 영화 속 퀴즈쇼의 우승에는 과거의 경험만이 필요했다. 삶에 필요한 것은 지식이 전부가 아니리라. 그렇다면 답은 내 안에 있지 않을까.

(2009)

징

　겨울 아침, 795번 국도는 한산했다. 전북 진안의 용담댐에 이르자 도로변의 마른 풀들이 인기척에 수런거렸다. 담수호 주변은 눈이 부셨다. 그곳에서 꽃을 피우지 못할 것은 없다는듯, 키 작은 여린 나무는 밤새 추위를 견디며 피운 꽃을 조심스레 매달고 서 있었다. 햇빛에 반짝이는 서리꽃 무리는 뭍의 산호초 군락이었다.

　겨울 안개가 세를 확장하며 느리게 다가왔다. 안개를 따라 나무도, 봉우리도 서서히 움직였다. 그들을 그림자로 품은 수면은 미동도 없었다.

　침묵을 지키는 저수지는 무엇을 품었기에 저토록 잔잔할까. 얼마 전 TV에서 보았던 어느 댐의 바닥이 떠오른다. 가뭄으로 터가 드러난

곳은 학교였다. 폐사지보다 더 애잔하게 느꼈던 것은 실향민의 삶의 흔적 때문이었다. 이곳 용담댐은 유난히 문화재 소실이 많았다. 수백 년 터 잡았던 고인돌, 가마터, 사찰은 물론 1,200여 종 1억 마리 곤충을 수장시켰다고 한다.

수몰과 함께 사라진 고향을 존재의 상실로 그렸던 소설가 문순태를 떠올렸다. 그는 ≪징소리≫에서 장성댐으로 인해 고향을 송두리째 잃어버린 사람들의 애환을 담았다. 방울재의 징채잡이 허칠복은 마을이 수장될 때 가지고 나온 징에 마을 사람들의 혼이 오롯이 들어 있음을 믿고 목숨처럼 간직했다. 사람들의 타박에도 잠을 잘 때까지 베고 잤다. 징은 그의 눈에 생생한 방울재가 아직 세상에 존재한다는 징표였다.

당시만 해도 고향을 떠나는 것은 흔한 일이 아니었으나, 탯자리를 벗어나면 살지 못할 것 같았던 사람들이 수천 명 그곳을 떠났다. 수몰민들은 도시 밑바닥에 흩어졌으나 하나 둘, 다시 장성댐 부근으로 모여들었다. 생계의 막막함에도 그들의 발걸음을 잠재울 수 없었던 것은 삶터의 근원에 대한 회귀였으리라.

그들이 잃어버린 것은 태어나 자라온 공간만이 아니었다. 거시적인 목표 앞에서 남루했던 수몰민의 눈물이, 물과 함께 채워졌다. '꽃 피는 산골'이었던 고향, 그들만의 청산별곡에 대한 추억을 서둘러 비워내라는 듯 물막이는 성급하게 진행되었을 것이다. 경치에 취한 사람들에게는 아름답기만 한 정경이, 수몰민에게는 삶의 무덤과 다름

없으리라.

눈앞에 펼쳐진 아름다움이 전부임을 느끼지 말자던 생각과는 달리 용담호의 정경은 물그림자로 복제되어 나를 놓아주지 않는다. 저 어드메에 원주민의 추억이 조용히 잠겨 있겠지. 초등학교와 소꿉친구, 장에서 돌아오는 어머니를 기다리던 길모퉁이, 더러는 아픈 시간도 함께 했던 고샅길, 첫 아이의 눈부신 흰 기저귀를 널었던 빨랫줄, 부모님의 유택…. 혈관을 따라 빠른 피돌기를 시작한 어휘들이 파닥이며 물 위로 피어올랐다. 그때 기러기 두 마리가 수면을 치며 날아올랐다. 정적을 깨트리는 기러기의 물수제비로 수면이 움찔했다.

우리가 간직하고픈, 소중한 많은 가치는 형체가 없다. 언젠가는 가야 할 곳에 똬리를 튼 그리움을 가진 수몰민은 도리어 행복한 이들일까. 이즈음 나는 마음이 머무를 곳을 찾지 못해 대낮부터 더듬거린다. 내 그리움도 저들처럼 한곳에 수장되었다면 그것들을 반추하는 일이란 어렵지만은 않을 텐데…. 들리지 않은 징소리 한 자락이라도 울려 퍼진다면, 그곳이 어디라도 초라한 여장을 풀 것이다.

발길을 돌리려는데 송아지의 울음과 징소리의 여운이 맴돈다. 환청이었을까. 용담댐의 수묵화는 깊은 징소리의 여운과 함께 아련히 멀어져 갔다. 가던 길을 재촉했으나 내 마음은 끝내 차車를 따라가지 못했다.

(2008)

상賞

CD기 고장인가, 예금 인출이 되지 않았다. 기계만 믿고 도장을 안 가져 왔기에 통장을 창구에 내밀 수도 없었다. 당황스러웠다. 몇 명의 직원 채용을 대신했을 기계들은 오작동에도 의연했다. 표정도 변하지 않고 번듯하게 서 있는 그것들이 뻔뻔해 보였다. 번호를 잘못 입력했나? 처음부터 다시 모니터의 안내에 따라 또박또박 눌러보았다. 주인이 시키는 대로 진행했는데도 중간에 멈추어버렸다.

"제가 도와 드릴까요?"

청원경찰이 달려왔다. 나의 패를 읽었다는 듯 두말없이 통장을 가져가더니 옆 기계를 조작했다. 정상 작동을 확인하고 그제서야 내게 통장을 돌려주었다. 인출기는 원하는 만큼의 현금을 토해내더니, 안도하는 내게 그 정도야 별일 아니라는 듯 거드름을 피웠다. 이른 아침이라 은행은 한산했고, 대기자도 없어 그나마 다행이었다.

돌아서려는데 전에 없던 게시판과 고딕체의 타이틀이 시선을 붙들었다.

'친절한 직원에게 스티커를 붙여주세요.'

거기에는 직원들의 사진과 동그란 스티커를 붙이는 칸이 있었다. 다른 직원에 비해 가장 많은 스티커가 붙여진 이는 청원경찰이었다. 두세 배를 훨씬 넘는 스티커는 올챙이 알이 되어 옹글옹글 모여 있었다.

창구직원이라야 서너 명 남짓한 동네 은행에서 친절 지수가 그렇듯 차이 날 수가 있을까. 그도 그럴 것이 청원 경찰만이 고객이 누구에게 친절 스티커를 붙이는지 볼 수 있었다. 다른 직원들은 창구를 향해 앉아 있기 때문이다. 나 역시 슬쩍 바라보는 그를 의식하며 올챙이 알 하나를 붙였다. 당사자가 보는 앞에서 칭찬을 하려니 몹시 민망했다.

상은 뛰어난 업적을 가진 자의 것일 때에 모양새가 좋다. 동기부여나 긍정적인 강화로써 그것의 효용가치를 부정하려는 생각은 없다. 은행 측의 의도는 짐작이 되지만 왠지 불편했다. 자기 일에 충실한 것은 포상감이 되겠지만 이렇듯 공개적인 장소에서 업무가 엄연히 다른 직원의 친절도를 비교해야 했을까. 청원 경찰이 은행 고객에게 도움을 주는 것이 당연하다. 은행에 들어설 때마다 극진한 인사를 건네는 그를 앞에 두고 게시판을 외면하기란 쉬운 일이 아니리라.

바람직한 행동을 강화하기 위한 방법으로 쓰이는 칭찬법이 더러는 부정적인 면도 있다.

생각해보니 '옆구리 찔러 절 받기'는 내가 즐겨 사용하는 유치한 방법이었다. 분주한 아침 시간에 부랴부랴 차린 아침을 무심히 먹는 남편의 옆구리를 말로 슬쩍 찌른다.

"이 반찬은 금방 만들었는데 할 말 없나요?"

반복되는 무덤덤한 반응에 '그러려니' 할 때도 되었건만, 은근히 자진납세를 강요하고 만다. 말로써 상을 달라는 투정에 식탁의 스티커는 가끔 늘어가지만, 그의 옆구리는 자꾸만 멍이 든다. '그러려니'의 경지는 아직 멀었다.

(2009)

게

영종도의 선녀바위 해수욕장에 갯물이 수런거렸다. 기암괴석들이
볼만했지만 내 보기엔 '선녀'가 연상될 정도는 아니었다. 굴 껍질로
뒤덮인 바위 틈으로 바닷물이 '쪼르륵' 소리를 내며 분주히 오갔다.

이곳의 전설인즉 영종도의 수군 통제관의 애첩이, 남자의 마음이
자신에게서 멀어졌음을 알고 바다에 몸을 던졌다. 통제관이 뒤늦은
후회로 슬픔을 달래며 그녀를 묻어준 자리가 바로 이곳이라나. 사랑
의 시기는 이처럼 늘 엇갈리는가. 그 후 별빛이 밝은 밤이면 선녀들
이 무지개를 타고 내려왔단다. 애첩의 혼을 달래기 위해 이곳에서
노래와 춤을 즐기곤 했다. 시절 좋을 때 얘기지, 이 시대의 선녀라면
아무리 가무를 즐기는 여인이라도 이 정도의 경치에 밤마다 마을을

나오지는 않을텐데….

저만치에서 중년 부부가 바위에 쪼그리고 앉아 있었다. 바위 기슭에 중대한 볼일이 있는지 물속만 들여다보았다. 그들이 양손에 든 막대를 물에 담그고 가끔씩 흔들면 막대는 은빛으로 반짝거렸다. 그것은 자동차에서 못쓰게 된 안테나를 떼어낸 것이었다. 낚시도 아닌데 도대체 어디에 쓰는 물건이란 말인가. 그들처럼 물속을 들여다보았으나 신통할 것도 없었다.

호기심을 참다못해 게처럼 앉은걸음으로 여자 옆으로 다가갔다. 나를 의식한 그녀는 여전히 물속에 시선을 준 채 말을 건넨다.

"보기보다 재밌는디 한 번 해볼티유ー."

여자는 바쁠 것도 없다는 듯 두툼한 살코기가 끼워진 스테인리스 봉 하나를 주었다. '이런 이색 체험의 횡재라니.'

그것은 게 낚시였다. 한 입 크기의 삼겹살을 매단 막대를 바위 틈에 넣고 살살 흔들면 게들이 낚인다니 마음이 급해졌다. 고기를 물고 있는 녀석들을 손으로 떼어내기만 하면 된단다. 과정이 복잡한 잡기雜技라면 지레 포기하고 마는 내 체질에 맞는 단순한 어로방식이 아닌가.

나는 여자의 설명이 채 끝나기도 전에 바위 틈에 막대를 담갔다. 휘파람은 겨우 참았지만 마음이 급해지고 엉덩이가 들썩였다. 서해 특유의 흐릿한 물은 속이 보이지 않아, 손맛을 기대하는 수밖에 없었다. 이상한 낌새에 입질이 분명하여 '옳거니!' 막대를 들어올렸다. 그러나 녀석들은 고수였다. 신통하게도 초보를 알아챘고 고기만 갉아 대다가 집게발을 놓은 채 바다로 연이어 투신했다. 나를 약 올리기 위한 계략이 분명했다. 이러다가 게도 구럭도 다 놓치지 않을까 슬쩍 조바심이 나기도 했다.

그러나 나는 게보다 영악했다. 녀석들을 낚아채는 방법을 익히는 데는 그래 오랜 시간이 걸리지 않았다. 그들을 유인하기 위해 진득하게 기다렸다가 미끼를 완전히 물었을 때 잡아채면 그만이었다. 고기 한 점에 군침을 흘리며 줄줄이 달라붙은 놈들을 떼어낼 때는 불법 현장이라도 덮친 듯 신바람이 났다. 게들은 계모임에서 삼겹살을 먹으려다 실패한 것인지 단체로 물고 있었다. 제가 노는 물에서 먹잇감을 구하지 않고 육식에 목숨을 걸고 집착한다는 사실이 놀라웠다. 아마 저들 세상에는 생 돼지고기가 스테미너 식품으로 널리 알려졌는지 모른다.

여인의 빨간 플라스틱 통은 내가 잡아 올린 것까지 합세해 게가 바글바글 늘어만 갔다. 무료 이색체험의 대가를 지불한 셈이어서 제법 체면이 섰다. 어린 게들의 용도를 물으니 게장으로 만들면 아주 맛있단다. 스스로 우쭐해진 기분으로 일행이 있는 백사장 쪽으로 급히 돌아왔다.

모래사장이 가까워질수록 고깃집 특유의 느끼한 냄새가 진동했다. 피서객들이 저마다 모여 앉아 고기를 굽는 중이었다. 바다에 온 것인지 먹자골목에 들어선 것인지 혼란스러울 정도였다. 아침에 도착해서는 선글라스로 제법 폼을 잡던 그녀들이 아니던가. 모두들 삼겹살만을 구워먹기 위해 그곳에 왔다는 듯 연기를 피웠다. 고기 앞에서는 체면쯤이야 별 것 아니라는 듯 불판에 둘러앉아 먹기에 열중이었다.

게는 바다에서 고기를 탐했고, 사람들은 모래사장에서 고기에 열중하고 있다. 어쩌면 이곳을 자주 찾았다는 전설 속의 선녀들도, 이따금 야식으로 삼겹살 파티를 벌이는지도 모른다. 잠시 착시 현상이 일어났다. 저 광경은 조금 전 바위틈에서 고깃덩어리에 달려들었던 게들이 수백 배 확대된 동영상이 아닌가.

(2008)

틈

휴휴암休休庵, 동해바다의 암자 이름이다. 쉬고 또 쉬라는 말인가. 그렇다면 이보다 더 좋을 순 없다. 휴일이면 집안에서 한나절은 거뜬하게 누워 지내는, 속칭 '시체놀이'를 즐기는 나와 코드가 딱 맞는 암자다. 일정이 없는 휴일이면, 한적한 정거장에 무거운 가방 하나 부리듯 하염없이 몸을 내려놓곤 했다.

그러나 긴 휴식의 시간이 지나면 몸이 가뿐해졌음에도 불구하고, 무언가 할 일을 못했다는 강박증에 사로잡히곤 했다. 쉼이 자신에 대한 직무유기라는 생각에 마음마저 가벼워지지는 않았다.

휴휴암休休庵이 매력적인 것은 이름만이 아니었다. 양양에서 강릉 방향으로 난 7번 국도에 이런 풍광이 있었다는 사실이 놀라웠다.

1997년에 해안가에 세워진 사찰은 절집 맛이 덜했다. 비룡관음전 벽화의 흰구름은 파도의 이빨로 보이고, 곁눈질하는 용은 바다로 다이빙할 태세였다. 부처님 오신 날을 기다리는 원색의 연등도 제 역할을 잊고 바다에 마음을 빼앗겼다. 자신에게 축원하던 이들의 바람도 잠시 잊은 듯 바다만을 바라보았다. 연등이 매달린 줄을 살짝만 잡아당겨도 우르르 투신할 기세였다.

둥근 나이테가 드러난 나무 다리를 건넜다. 발아래 펼쳐진 바다는 기암괴석의 수중 전시장이었다. 바위의 수많은 균열은 주름투성이 노파의 얼굴이었다. 여인들은 풍어제를 지낸다는 너럭바위에서 불공을 드렸다. 그녀들의 신은 바다일까. 신도들이 떠난 적막한 밤에는 바다만이 설법에 귀 기울이겠지.

꿈보다 해몽이라던가. 법당은 주변에 발바닥, 코끼리, 여의주, 연꽃 모양의 바위를 거느렸다. 이것을 만든 이는 무명의 석공도 아닌 파도와 비바람이다. 이런 비경에서 천연덕스레 누워있는 보살상은 압권이다. 후덕한 코와 입술과 선이 분명한 턱, 발치의 좌대에 이르기까지 정녕 바윗돌임을 믿어야하는지 혼란스러웠다. 여느 불상이라면 웅대한 절집에 다소곳이 서서 중생들을 내려다보아야 하지 않을까. 이곳의 와불臥佛은 특대 사이즈의 가사도 어림없을 만큼 큰 몸집이다. 어쩌면 그동안 나는 걸리버 여행기에 나오는 소인국에서 살고 있었을까. 그녀는 해안가 절벽을 병풍 삼아 반신욕을 즐기고 있었다. 능청스럽게 바닷물을 침구로 깔고 파도를 덮기까지 했다. 한 술 더해

날 더러 자기 옆에 누워보라며 이불자락을 들추었다. 어쩌자고…. 못이기는 척 그녀의 이불자락 속에 발이라도 뻗어 쉬어가고 싶었다. 어차피 쉬어가는 것이 인생이라지. 관음보살이 성姓이 여성임이 아쉬웠다.

파도는 긴 세월 동안 보살을 연모했던 것일까. 가늠할 수 없는 시간을 바람과 합세해 느리게, 그러나 질기게 바위를 공략했으리라. 무념과 불변의 상징이었던 바위였으나 육신의 균열이 생기자 결국 틈을 내주고야 말았다. 범인凡人도 아닌 불심 지극한 그녀가 틈을 보이자 그들의 유희는 점점 더 은밀해졌다.

틈은 위대하다. 뭍에서는 메마른 보도블럭의 척박한 틈에서 민들레를 키우고, 해풍에 시달린 강파른 바위 틈에서 풍란을 품는다. 단단한 강철도 무른 몸으로 헤집고 들어가 다듬는다.

저 바위의 뿌리는 바다다. 바다에 제 몸을 내어주고, 파도에 단련시킨다. 이제 억겁의 시간이 또 흐른 뒤 저 틈은 틈이 아니리라. 바위의 틈은 지금 틈의 역할에 충실하다. 이곳의 비경에 감탄하는 이들에게 번뇌와 망상을 버리고 쉬어가라고 부추긴다. 미움도 시기도 질투도 다 부질없는 것이라고 속삭인다.

사람들도 틈을 탐한다. 틈 사이로 정이 오가고 사랑을 나눈다. 그 사이로 오해와 미움을 키우기도 한다. 또는 저마다의 편의와 실리에 의해 틈을 외면하거나 부자연스러운 방법으로 조절한다. 그것을 자신의 필요에 의해 이용하려 든다. 사람들의 관계는 이렇듯 의도적인

경우가 대부분이다. 와인의 숙성을 기다리는 느긋함으로 그대로 두
면 될 것을 인위적인 노력을 가한다.

흰 포말이 솟구쳤다. 저 편할 대로 질펀하게 자리 잡은 바위들이
쉴새없이 파도와 어울렸다. 파도는 스크럼을 짜고 에둘러 갈 곳은
없다고 바위에 철썩 안겼다. 휴휴암의 파도는 바위를 근육질로 단련
시켰다.

하얀 포말로 부서지던 파도가, 쉬는 것에조차도 강박감을 갖는 나
를 비웃었다. 쉬려면 제대로 쉬고, 놀려면 철저하게 놀아보라고 속살
댔다. 삶의 활력은 틈이었다. 이제 긴 휴식 후의 중압감일랑 떨쳐버
리고 드러내놓고 쉬어야겠다. 시체놀이 전용방에 휴일이면 편액扁額
이라도 걸어둘까. '휴휴룸(休休 room)'이라고….

(2008)

비둘기의 밥상

'푸드덕, 푸드드득―'

비둘기들이 일제히 날갯짓을 시작했다. 먹이 부스러기와 깃털이 공중에 흩어졌다. 예측하지 못했던 녀석들의 단체 행동에 급히 뒤로 물러났다. 비둘기 떼는 주변 잔디밭으로 잠시 흩어지더니 다시 모여들었다. 어림으로 헤아려도 백여 마리가 넘는다. 내 편에서 공격성이 없다는 사인을 주고받았음이 분명했다.

그것이 비둘기들의 아침식사였음을 안 것은 다음날이었다. 이제 그 부근에 이를 때면 미리 언덕에서 내려온다. 그들의 식사를 방해하지 않으려 함이다. 자투리 시간을 이용한 공원 산책에서 만난 풍경에 점차 익숙해졌다. 바위비둘기라 불리는 녀석들의 배설물은 산성 성분이 강해 시설물을 부식시킨다. 공해와 전염균의 주범으로 낙인찍혀 발붙일 곳이 없는 줄 알았던 저들이 이렇듯 야금야금 터를 다지고 있음이 새삼스럽다.

비둘기의 밥상은 둥근 상이었다. 공원 관리를 위해 누군가가 뿌려준 먹이에 머리를 조아리며 분주하게 입질을 했다. 그들이 굶주림에 도심을 헤집고 다닌다면 부작용도 만만치 않으리라. 녀석들이 식사를 빨리 끝낸 아침이면 잘게 썬 푸성귀의 흔적이 동그랗게 남아있었다. 언덕 아래는 모여 있는 어린 비둘기는 그들 나름의 '장유유서長幼有序'를 지키려는 것일까. 사람들이 인성교육이 느슨해진 틈을 이용한 밥상머리 교육인지도 모른다.

유년의 밥상이 떠오른다. 둥근 상에 앉아 밥을 먹을 때면 손님이 오곤 했다. 그럴 때면 숟가락 하나만 더 놓으면 길손과 정을 나누기에 부족함이 없었다. 식구食口는 한집에서 끼니를 나누는 이들을 칭한다.

밥상이 점점 사라져 간다. 마주보며 오순도순 밥을 먹는 일은 드문 일이 되었다. 집에서 먹는 경우라 해도 각자 시간에 맞추어 대충 때우기 십상이다. 이는 필요한 연료를 주입하는 셀프 주유소를 연상케 한다. 오죽했으면 주변에 가족이 밥을 함께 먹는 집이 있으면 '그 집은 가족끼리 모여 밥을 먹는데ㅡ.'라는 웃지 못할 우스갯소리마저 등장했을까.

녀석들을 멀리서 바라보았을 때는 잿빛 일색이었다. 며칠을 두고 살펴보니 제각각 다른 패션으로 개성을 드러내고 있었다. 목 언저리에 흰 솔을 두른 놈, 전체적인 색상의 변화에 중점을 두고 점차 연하게 음영 효과를 자랑하는 놈, 문상이라도 가는 것인지 전신을 검은 깃털로 감은 놈…. 저마다의 매력을 지닌 녀석들의 아침을 보게 된 후 그들과 친한 사이가 된 것 같은 착각에 빠졌다. 얼마 전에는 녀석들에게는 과분한 고운 시구마저 떠올랐다.

> 자세히 보아야
> 예쁘다.
> 오래 보아야
> 사랑스럽다.
> 너도 그렇다.

- 나태주 〈풀꽃〉 전문

비둘기에게 마음을 뺏긴 것도 잠시, 가던 길을 재촉한다. ○○회관이 보일 때쯤이면 변함없는 또 하나의 풍경과 만난다. 한여름부터 계속된 1인 시위다. 당번제인 듯 시위자는 바뀌곤 한다. 이번 주는 40대로 보인다. 구호판을 어깨에 메기 전 담배 연기를 길게 뱉는다. 아침의 싸한 공기, 바람결에 묻어온 담배 내음이 매캐하다.

'시립예술단원 정년 연장'

굵은 고딕의 검은 글씨가 그로테스크하다. 그가 짊어진 하드보드판에는 정년을 연장의 명분을 알리는 구호가 넘친다. 피켓에 담기에는 장황한 사연이다. '건강상 예술 활동에 지장이 있는 경우가 되면

스스로 물러났다'며, 타 도시와의 형평성을 고려한 정년 연장을 주장
하고 있다.

그가 짊어진 삶의 등짐도 저보다 가볍지는 않겠지. 가장으로서 최
소한의 도리는 다하고자 하는 안간힘이리라. 그에게 다가가 예술이
온전히 밥을 먹여주기는 했는지, 예술이 밥벌이가 되어 진정 행복했
는지 던지고픈 물음을 삼킨다. 예술가가 꿈꾸는 '자발적 유목민'의
자유를 누리는 세상은 멀기만 할까. 정년 연장으로 자신의 터를 다지
기 위해 삶의 오르막을 힘겹게 걷는 모습이 스산하다.

유랑流浪이 보편화된 삶의 양식처럼 여겨지는 때이다. 사람들이 터
를 잃은 하수상한 시절, 그들은 거처를 잃고 방황한다. 이제 집에서
는 살 수 없는 시대가 온 것일까. 가족 공동체의 마음을 붙일만한
밑자리가 사라진 것은 아닌지…. 우리가 유랑하는 사이 비둘기 떼는
공동으로 밥과 놀이를 나누며 이 터를 야금야금 자신들의 것으로 만
들고 있다. 그들이 텃새가 되고, 사람들은 철새가 되어 날개를 파닥
거리는 환영을 본다. 미래엔 저들이 우리의 터를 장악하고 우린 그저
도심의 공원에서 노숙하며 배회하지는 않을까.

핸드폰을 연다. 오늘 밤이라도 밥상을 사수하려는 마음으로 메시
지를 보낸다. 가족들에게 저녁 식사를 함께하자는 청이다. '오늘밤
송년 회식', '내일이 시험이라 도서관 밤샘'이라는 남편과 아이들의
답신이 동시에 들어온다. 내 집의 둥근 밥상은 오늘도 비어있다.

(2010)

르망을 찾아서

다큐멘터리에 담긴 이야기는 나와 가깝지만 결코 평범하지는 않다. 타인의 삶을 통해 그들의 애환哀歡에 공감하는 경험은 픽션이 줄 수 없는 신선함이다. 대부분의 미디어 매체는 관객의 시선과 상품성을 의식하여 과장되거나 왜곡 포장되기 일쑤다. 그에 반해 조촐하지만 날것에 가까운 다큐멘터리 화면은 푸성귀를 씹듯 상큼함이 매력이다.

국제 다큐멘터리 영화제 출품작인 〈사랑하는 나의 고물차〉가 그랬다. 40년이 넘은 고물차의 주인 '이사이'는 예루살렘에 사는 젊은이다. 그의 노란 폭스바겐 비틀은 한 발 가다 멈추는 일이 다반사다. 당장 폐차한다 해도 여한이 없어 보였다.

조수석에 앉은 그의 아내의 생각도 나와 같았다. 만삭인 아내가 진통이 시작되면 언제라도 병원에 달려가야 했기에, 예고 없이 멈춰 버리는 자동차에 대한 불안은 당연했다. 한 술 더 떠 장모는 '자네가 낡은 차를 끄는 히피가 아니라면 100살 노인을 고치는 것과 같은 일은 하지 말라.'며 노골적으로 비아냥댔다. 비틀을 고칠 것인가, 폐차시킬 것인가? 그는 고민했다.

더 이상 비틀을 고집할 수도 없어 폐차를 결정했으나 중장비가 차체를 들어올리던 순간, 그는 폐차를 중단한다. 이사이에게 있어 비틀은 단순한 이동 수단이 아닌 자신의 삶에서 결코 떼어놓을 수 없는 그 무엇이었기에, 폐차 대신 차의 역사를 찾기로 한다. 그가 이전의 차주들을 만나보려는 길에, 나도 덩달아 따라나섰다.

그에게 비틀을 팔았던 이는 네 번째 주인인데 딸이 1991년 암으로 죽기 전에 차를 팔지 말라고 하여, 아이가 죽은 후 1년이 지나서야 팔았단다. 차에서 딸을 분만했던 당시의 급박한 순간을 여유롭게 회상하는 여인과, 복제 열쇠를 차의 미등 아랫부분에 보관해 놓았던 남자도 있었다. 지금껏 모르고 있던 열쇠를 확인하는 순간은 유쾌했다. 거기에서 추적한 최초의 주인은 이미 세상을 떠난 후였다.

'이사이'는 그처럼 많은 사람들의 삶이 무늬가 새겨진 비틀을 차마 버릴 수 없었다. 그는 차를 수리하기 위해 아랍국 방문 허가증을 받아 국경을 넘어 요르단으로 향했다. 어렵사리 찾아간 정비소에서 엔진과 차체를 바꾸는 대공사를 끝낸다. 새로 태어난 비틀로 사막을 질주하는 그에게 아내의 출산 소식이 전해졌다. 비틀의 재탄생과 아들의 출생은 많은 의미로 다가왔다. 고물차 40년의 역사에는 수많은 추억, 탄생과 죽음이 담겨 있었다.

오래전 남편이 처음 샀던 차는 흑장미색 르망이었다. 그 무렵 우리는 주말부부였다. 월요일 새벽, 내가 출근을 서두를 때면 남편은 눈을 비비며 시동을 걸었다. '부릉, 부르릉' 찬 겨울 새벽의 적막을 가르는 시동 소리는 매정했다. 그것은 기계음이 아닌 가족의 일주일을 단절시키는 매정한 소음이었다.

그때 예기치 못한 일이 일어났다. 다섯 살이던 아이가 시동 소리를 듣고 잠자리에서 일어나 앉아있었다. 나를 배웅하기 위한 그 일은 월요일마다 계속되었다. 할머니 손길 덕분에 밝고 구김 없던 아이에게 엄마의 배웅은 단잠과 맞바꿀만한 심각한 일이었을까. 잠을 깨면서 칭얼거릴 나이가 아닌가. 녀석에게 그때를 기억하고 있는지는 차마 묻지 못했다. 그런 새벽이면 나의 둥지를 뒤로하고 바라본 차창에는 비로소 하나 둘 아침을 밝히던 다른 집의 창문이 다가왔다가 멀어지곤 했다. 온 가족이 함께 시작하는 그들의 아침이 따뜻해 보였다.

우리의 첫 차, 르망 20년의 흔적이 궁금하건만, 그것이 아직 생존할 가망성은 희박하다. '자동차 10년 타기 운동'이 있을만큼 신제품 선호도가 유별난 우리의 정서를 생각하면 부질없는 일이다. 당시 검은색 뉴프린스로 차를 바꾸면서 영업사원이 인수했으니 누구에겐가 팔렸을 것이다. 덕분에 차는 넓어졌지만, 르망 생각에 한동안 비슷한 차를 눈여겨보곤 했던 기억이 새롭다. 그 후 10여 년이 지나 차종은 다시 바뀌었으나 애틋한 사연은 생기지 않았다.

그 많은 새벽, 잠 깨어 앉아있던 녀석은 내 키를 넘은 지 오래고, 심야에 귀가한다. 나는 그 시절의 안쓰러움을 만회하듯 밤잠을 쫓으며 아이를 기다린다. 우리는 저마다 삶의 다큐멘터리 한 꼭지씩 만들어 간다.

〈사랑하는 나의 고물차〉의 마지막 장면에, 이사이는 거듭난 고물차에 아들을 태우고 다시 그들의 역사를 이어갔다. 우리의 르망도 어디선가 그의 역사를 쓰고 있을까.

(2008)

21세기의 과객

"문 좀 열어주세요, 어제까지 살던 사람인데요. 여기가 몇 호예요."

밤 11시 반. 벨이 울렸다. 의외였다. 거실 인터폰의 화면이 젊은 여인의 얼굴로 가득찼다. 누구를 찾느냐는 말에도 같은 말만 했다. 현관에 버젓이 붙은 표시를 보면서 몇 호인지, 어제까지 살았다면서 누굴 찾아왔는지도 모른다니…. 이어서 화면으로 대여섯 살 난 여자아이까지 보여주었다. 1960년대 한국 영화라면 이쯤 해서 아이의 출생 비밀이 드러날 법한 순간이었다. 도대체 무슨 사연일까.

깊은 밤 문을 두드리는 여인을 외면할 용기는 없었다. 그렇다고 선뜻 문을 열어 사연을 들어주는 일도 내키지 않았다. 집을 잘못 찾은 것이라면 그곳에서 도움을 주리라는 생각에 관제실로 연락을 했다. 엉뚱한 신고 내용에 경비원도 당황한 음성이었다. 세입자가 있었는지를 묻고 그가 출동했을 때, 그녀는 자취를 감추었다. 누군가가 달려올 시간을 예상하고 몸을 숨긴 것이라면, 판단 능력이 없는 여인도 아니었다. 거듭되는 심야의 숨바꼭질은 불쾌했다. 누가 술래인지, 어디로 숨었는지 짐작되지 않은 놀이를 지속할 수는 없었다. 그 후 또 한 번 같은 실랑이가 오간 후에야 잠잠해졌다.

그동안 이웃에서는 조용했다. 두어 사람 정도는, 문을 밀고 무슨 일이냐며 참견하려니 했다. 철저한 개인주의적인 생활양식에 젖은 그들은 무관심을 선택했다. 익명성의 효용일까. 거리가 지척이라고 마음마저 이웃은 아니었다. 어쩌면 우린 서로의 삶을 방해하거나 간섭하지 않기로 암묵적인 합의를 본 것인지 모른다. 그렇다면 타인에게 속내를 드러내지 않고 무관심을 선택한 그들의 냉담한 태도는 바로 나의 행동양식이리라.

잠잠해진 지 이삼십 분이 지났다. 비로소 사태가 수습되었다는 생각에 안도했다. 후련한 마음도 잠시, 자꾸 그녀의 행방이 마음에 걸렸다. 누웠으나 정신은 말똥말똥해졌다. 사연이라도 들어주었어야 했나. 그녀를 외면한 데는 나름의 명분이 있었다. 막무가내에 못 이겨 문을 열었다면, 아마 거실에 앉아 이야기 보따리를 풀었으리라. 아이는 그녀의 무릎에서 잠이 들었겠지. 그녀 역시 새우잠으로 시작하여 주인보다 깊은 잠을 잤을지도 모른다. 날이 새면 온 가족이 출근이나 등교를 해야 한다. 상식적인 대화가 불가한 그녀와 곤히 잠들었을 어린것을 무슨 수로 깨워서 내보낸단 말인가. 내 일상의 혼란을 막기 위해, 어린 딸과 남의 집 문전을 기웃거리던 여인을 외면했다. 어렵지 않게 변명거리를 찾아 당위성을 부여했지만 이기적인 비겁자였던 스스로에게 명분이 서지 않기는 마찬가지였다.

인생은 고작 낯선 들판에서의 하룻밤이다. 하루가 저무는 밤. 나의 안락한 잠이 보장되었다 한들 그것이 대수인가. 내 집이라고 참된 안식을 구할 수 있으랴. 내가 누군가의 밤을 박탈할 권한이라도 있단 말인가.

선인들은 나그네가 밤이슬을 피하고 허기를 달래게 했다. 한 술 더해 노잣돈을 들려주었다. 나그네는 사랑채에 드난살이를 하거나 아예 눌러앉아 새로운 인연을 만들어가기도 했다. 임꺽정 시절의 나였더라면 그녀에게 행랑채를 내어주고 모녀가 마을에 터 잡아 살게 되었을지도 모른다. 낯선 길도 집이 되어주었던 그 시절로 돌아갈 수는 없는 일이다.

길을 나선 이들에게 의지가 되어주었던 것은 가진 것이 많아서가 아니었다. 인간다운 여유로움이었다. 요즘은 가족 외의 사람이 집에 묵어가는 일이 드물다. 간혹 숙박이 필요한 애경사가 있어도 불편함을 주지 않으려는 배려로 숙박 시설을 이용하기도 한다. 내 가족만의 집을 고집한다 하여 그들의 결속력이 강화된 것도 아니다.

집의 시대는 지나가버린 것일까. 유목의 시대에 오늘 허락된 나의 안락함이 견고한 특권일 리 없다. 심야에 문을 두드리던 여인과, 우주의 모든 것이, 길 위에 있듯이 나도 다르지 않다. 자신의 이기적인 행동을 시대와 가치관의 변화로 핑계대면 홀가분해지리라 생각했다. 왠지 허탈하다. 한마디 외침으로 밤과 잠이 보장되었던 과객처럼, 낯선 사립문을 향해 외쳐볼까.

"이리 오너라!"

(2010)

'관계'의 참을 수 없는 가벼움
– 영화 〈소셜 네트워크, Social Network〉에 대해

제목: 엄현옥 님의 답변을 기다리는 친구 14명

내용: 안녕하세요, 회원님은 최근에 페이스북에 접속하지 않았습니다.

회원님이 접속하지 않은 동안 받은 알림이 있습니다.

이런 메일을 받았다고 해서 놀랄 필요는 없다. 1년 전 'ㅇㅇㅇ님께서 엄현옥 님의 친구수락을 기다리고 있습니다.'라는 메일을 받고, 문단의 선배님인지라 서둘러 가입한 적이 있다. 졸지에 페이스북(Facebook)의 회원이 된 연유다. 그리고는 잊어버렸다. 지난번 세미나에서 만난 K선생이 '엄 선생이 나를 친구로 초대했습다.'라는 인

사를 건넸다. 내 이름도 그렇게 사이버상에서 친구를 맺자고 떠다니는 모양이었다. 내게 온 친구 맺기 제안도 나를 기다린다는 장본인과는 무관한 것이었음을 비로소 확인했다. 미끼는 거기에서 멈추지 않았다. 'ㅇㅇㅇ님이 담벼락에 생일 축하 메시지를 남겼습니다.'라는 메일도 왔다. 이 또한 개인 정보를 활용한 기술의 승리려니 마음을 접으려 해도 왠지 불편했다.

미국의 명감독 '데이비드 핀처'는 이렇듯 나를 황당하게 만들곤 하는 페이스북에 얽힌 실화를 〈소셜 네트워크〉라는 영화로 만들었다. '5억 명의 온라인 친구, 전 세계 최연소 억만장자, 하버드 천재가 창조한 인맥 네트워크 혁명'이라는 포스터 문구는 청년 실업이 국가적 근심거리로 부상한 우리의 현실에서, 젊은이들의 한탕주의를 부추기는 것은 아닌지 수상쩍었다.

페이스북을 만든 하버드 대학생 '마크 큐커버그'는 컴퓨터 천재였다. 반면 대인관계를 맺는 기술은 부족했다. 사교 클럽에서 근사한 여자 친구도 만나고 싶었으나, 그녀들은 훤칠하고 사교적인 청년들에게만 관심을 보였다. 마크의 콤플렉스는 그것을 해소할 '꺼리'를 필요로 했다. 그의 돌파구는 자신의 열등감 정도는 쉽사리 뛰어넘을 수 있는 뛰어난 프로그래밍 실력이었다.

그는 2003년 우연히 대학생들만 교류할 수 있는 사이트 제작을 의뢰받았다. 여기에서 획기적인 아이디어를 구체화시킨 것이 미국판 '싸이월드'라 할 수 있는 '페이스북'이다. 친구들과 대화하고 잃어버린 추억을 찾아주었으며 정보교환도 가능했으니, 회원이 폭발적으로 증가했다. 사회성이 결여되었던 마크는 자신이 만든 소통의 광장으로 인해 사람들에게 인정받은 셈이다.

페이스북이 인적 관계를 연결해 주지만, 친목이나 봉사를 목적으로 하는 단체는 아니다. 엄연한 기업이므로 이익 창출을 추구할 수밖에 없었다. 그 때문에 마크와 창립 멤버 간의 불화는 심각했다. 마크가 아이디어를 훔쳤다는 이유로 친구 간에 소송까지 하게 된다. 마침내 비공개 합의로 가까스로 분쟁을 타결했지만, 마크의 인맥 네트워킹은 실패로 보였다. 수억 명의 회원에게 소통의 장을 제공했으나 정작 자신은 가까운 이들과 관계를 맺지 못했기 때문이다.

생각해 보니 스크린 속에서 그가 밝게 웃던 장면은 없었다. 도리어 불안해 보이곤 했다. 인간이 인간이기 위한 조건은 그저 인간적이면 그만일진대, 마크는 친구들과의 진정한 소통이 불가능했다. 돈과 명예를 얻은 만큼 다른 것은 잃을 수도 있다는 평범한 진리는, 첨단 네트워크를 소재로 한 영화에서도 빛을 발했다. 기술은 사람에게 편리함을 주지만 인간을 변화시킬 수는 없으며, 문제 해결을 위해서는 사람에 주목해야 한다는 사실이 새삼스러웠다.

페이스북이나 트위터 등 소위 SNS(Social Network Service)에 속하는 매체들은 언제부턴가 현대인들의 관심사로 자리했다. 포털 사이트를 통한 검색보다 그것을 통해 정보를 찾거나 관심사를 공유하기도 한다. 대기업의 식품에서 이물질이 발견되었다면 불매 운동으로 확산되는가 하면,

버스에서 자신에게 어깨를 빌려준 남성을 찾는다는 애교 섞인 사연도 있다. 급히 혈액을 구하는 이들이 있다면 빠르게 도움을 줄 수도 있다.

반면 역기능도 간과할 수 없다. 대부분의 네티즌들은 자신에게 불이익이 없다면, 피부에 와 닿는 구호에는 민감하다. 그 때문에 특정 정치인에 대한 '안티'를 표명하며 자신의 정치적 의견을 역설하기도 한다. 그렇다면 중국 소수민족의 피해와 굶주림에 허덕이는 아프리카 아이들을 위해 소셜 네트워크는 무엇을 해줄 수 있을까.

SNS 군단은 지금도 내게 접속을 은근히 강요한다. 그것들의 파급력에 휘말리는 자신을 발견하거나 나의 입질을 기다리는 소식을 외면하는 일은 그다지 즐겁지 않다. 이렇게 가입한 사이트의 아이디와 비밀번호를 기억하는 일 또한 일상의 골칫거리다.

언제부턴가 우리들에게는 '가벼움'으로 은유되는 것들을 접할 기회가 많아졌다. 가벼움은 쉬움과 동일한 의미가 되었다. 때로는 진지함과 무거움에 대해서 냉소적 태도를 취하기까지 한다. 인터넷이라는 매체의 부추김에 의해 깃털보다 가벼운 무게로 부유하는 관계를 과연 진정한 인맥이라고 할 수 있을까.

내 안에는 가벼움에 동조하는 나와, 지나친 가벼움을 거부하는 내가 공존한다. 글에서는 아날로그 운운하지만, 우표 붙인 편지를 우체통에 넣어본 지가 언제였던가. 지인에게 밥 한번 먹자는 공수표를 남발하고 해를 넘겼다. 메일도 번거로워 단문의 메시지를 두드리기 일쑤다. 세태를 핑계로 가장 가벼운 방법으로 관계를 이어가려는 나

자신을 언제까지 참아내야 할까. 앉은 자리에서 클릭으로 이어지는 관계에서 잠시 벗어나야지. 참을 수 없는 가벼움과의 동거에 투덜대기보다는 사람들의 어깨가 부딪히는 거리로 나서야겠다, 지금.

(2011)

보자기

우리 집 다용도실 위 칸에는 분홍 보자기가 놓여있다. 내용물은 보나마나 남편의 군복과 모자이다. 몇 번의 이사를 거듭했으나 그것을 굳이 열어 확인하지 않아도 알 수 있다. 군복이 25년간 불투명한 봉지에 담겨 있었다면, 내용물이 궁금해 몇 번은 들추어 보았으리라.

보자기는 솔직하다. 겉모습만으로 속에 든 것을 짐작할 수 있다. 그것은 내용물의 겉모습을 덮고 있지만 형체를 감추거나 특성을 위장하려 들지 않는다. 자신이 어떤 일에 쓰이고 있는지 짐작하게 한다. 국정감사용 자료를 운반하는 데에도 보자기가 쓰인다. 거기에 담긴 묵직한 자료들은 공개를 전제로 한 것이다.

보자기만큼 유용한 생활 도구도 드물다. 물건을 싸거나 덮을 뿐 아니라 효율적인 수납에도 손색이 없다. 포장술이 다양하지 않았던 과거에는 포장의 전부였으며 가방의 역할까지 완벽하게 수행했다. 등에 멘 책보와 젓가락이 덜거덕거리는 도시락 보자기는 유년의 풍경 어디쯤에서 쉽게 만날 수 있다.

단순함과 효용성에 대해서 그만한 것이 흔치 않다. 보자기는 언제나 내용물을 쉽게 더하거나 덜 수 있으며 마무리는 그저 '질끈' 묶어주는 것으로 통일된다. 손잡이 조절도 특별한 기술을 요구하지 않는다.

반면 상자는 그 용도가 수상쩍다. 사과 상자는 종종 거액의 뇌물을 수수하는 도구로 변신하여 수수授受하는 이들에게 치명적인 오점을 남기기도 한다. 골판지라는 재질의 불투명성 때문인지 내용물과 분량도 가늠이 어렵다. 여덟 개의 모서리는 오만하게 각角을 세우며 자신의 모양을 변형시키지 않는다. 그것의 대부분은 세인의 눈을 피해 음침한 곳에서 전달된다.

가방의 단일성과 보자기의 다의성多義性을 비교한 이어령의 주장은 흥미롭다. 가방은 '넣다'라는 하나의 동사에 해당되지만, 보자기는 '싸다', '쓰다', '두르다', '덮다', '씌우다', '가리다' 등 헤아릴 수 없이 다양한 용도로 쓰인다. 인간의 모든 도구가 그처럼 신축성 있고 다양한 기능과 콘셉트로 변한다면 오늘날 문명 자체가 합리적인 방향으로 바뀌지 않을까. 이쯤되면 유구한 역사를 지닌 보자기는 탈근대화의 발상으로 이끄는 첨단의 도구임을 인정하지 않을 수 없다.

보자기는 유아들을 상상의 세계로 인도한다. 녀석들의 음률활동

시간이면 보자기는 만능 소품이다. 어깨에 두른 보자기로 음악에 맞추어 나비가 되었다가 망토를 쓴 피터팬으로 변신하는 것은 시간 문제다.

오래전 직장에서는 연말을 앞두고 '마니또' 놀이를 했다. 그것의 시작은 제비뽑기로 파트너를 정해 공개하는 날까지 비밀을 지켰다. 마니또를 공개하는 그 순간이 놀이의 절정이었다. 몇 주 동안의 에피소드를 회상하며, 의외의 사람이 파트너였음을 알고 즐거움을 나누었다. 그도 그럴 것이 자신을 숨기려는 교란작전도 불사하여 '분명 누구일 것이다'라는 예측은 뒤집어지곤 했다. 선물을 교환할 때면 정체를 드러내지 않기 위한 포장술은 가히 전술戰術 수준이었다. 립스틱을 큰 상자에 넣는다거나 얇은 책 한 권을 예상할 수 없는 이상한 겉모습으로 위장하여 즐거움을 더해주었다.

한바탕 축제가 끝나면 왠지 허전했다. 상대를 위한 우렁이 각시의 배려로 충만했던 기쁨의 뒤끝이 허전했던 것은 순간의 즐거움을 위한 과대포장 때문은 아니었을까.

현대는 가히 포장의 시대이다. 포장 전문 가게에서는 선물 받은 이의 나이나 관계, 위치에 따라 포장법도 다르다. 재질을 분간하기 어려운 호화로운 상자에 고급스러운 리본의 장식물을 볼 때면 지나치다는 생각이 든다. 사람들도 포장에 열중한다. 외모를 포장하고 학력을 포장하고 성격마저 포장한다. 심지어는 그것도 모자라 가족마저도 포장한다. 과거를 포장한 후 현재의 자신도 미루어 그리 보아

달라는 뉘앙스를 풍기기까지 한다.

'포장'이라는 어휘에는 내용물 은폐와 축소, 나아가 진실의 과장, 왜곡이 숨겨져 있다. 아스팔트로 포장된 도로는 수십 년이 지나면 군데군데 벗겨져 마침내 재포장을 하게 된다. 인간의 포장도 이처럼 대부분 유효기간이 있다. 언젠가는 벗겨져 포장 이전의 상태보다 더 좋지 않은 모습으로 드러난다.

포장할 일이 있거든 보자기만큼만 포장하자. 골판지 상자나 침침한 가방은 저만큼 치우자. 떳떳지 못한 물건을 보자기에 싸가지고 다니는 사람은 없을 것이며, 보자기가 포용할 수 없는 흉한 내용물을 보자기에 싸지도 않을 것이다. 이 봄엔 속이 은은하게 비치는 얇은 보자기 하나 준비할 일이다.

(2009)

이야기

　예고된 폭설은 귀향을 망설이게 했다. 승용차들이 고속도로에 갇혀 곤욕을 치른다는 보도가 이어졌다. 망설이다 찾은 강남 터미널은 예상 외로 한적했다.

　버스를 탔으나 속도를 내기는커녕 걷다가 서기를 되풀이했다. 한정된 공간에 갇힌 승객들은 좋든 싫든 한 배를 탄 공동운명체였다. 그들을 대상으로 버스 기사의 무용담이 펼쳐졌다. 어제는 서울에서 수원까지 세 시간 걸렸으며 목적지까지 열두 시간이 걸렸단다. 간밤에는 늦은 귀경으로 겨우 세 시간을 잤다니, 그의 강행군에 걱정이 앞섰다.

　그의 이야기가 본 궤도에 오를 무렵 여기저기서 승객의 휴대전화가 터졌다. 각자 자신의 위치를 생중계하던 승객들이 잠잠해지자, 기다렸다는 듯 운전기사의 것이 울렸다. 그는 다른 버스들과 정보를 주고받더니 통화 내용을 재연했다. 먼저 출발한 차가 아직도 기흥이니 우리가 앞섰으며, 그것은 국도를 택한 자신의 탁월한 선택임을 은근히 강조했다. 차가 속도를 잃었으나 그의 끝없는 이야기는 가속이 붙었다. 네버엔딩 스토리의 강자 '셰에라자드'의 환생인가.

그가 장악한 것은 핸들만이 아니었다. 모든 것은 그에게 맡겨졌다. 좌중을 상대로 불필요한 전국의 도로 사정까지 들려주었다. 어느 곳에는 눈雪에 빠진 승용차들이 갓길에 즐비하며 어느 나들목은 진입이 불가하다고 목청을 높였다. 앞자리 승객 몇 사람도 덩달아 합세했다. 도로의 동맥경화는 쉽사리 풀릴 기미가 보이지 않았다. 그쯤해서 조용히 가고 싶었다. 차창은 흐려 밖의 정경도 보이지 않아 눈을 감았다. 밀폐된 버스에서 내가 선택할 수 있는 것은 그리 많지 않았다.

무엇이 저들을 이야기꾼으로 만들었을까. 공통된 화제와 밀폐된 공간이라는 동류의식이 묶은 것일까. 그들은 이야기에 굶주린 듯, 모든 격차를 벗고 대화에 참여했다. 이야기 만들기는 이제 문화의 한 부분이 되었다. 타인을 주인공으로 만들어서라도 자신의 존재를 확인하면 그만이다. 우리가 뽑은 정치인들을 비난하는 일은 전 국민의 여가활동이다.

이야기에 굶주린 대중들이 즐기는 또 다른 단골 메뉴는 연예인이다. 자신과 이해 상관없는 제3자, 연예인 이야기는 심심풀이를 넘어

선 지 오래다. 그것은 진화를 거듭하여 테러 수준에 이르렀다. 사람들의 상상은 꼬리에 꼬리를 물고 제멋대로 부풀려진다. 그들은 자신들이 원하는 대로 이야기 뼈대를 만들고 변질시킨다.

대중과 스타는 특이한 공생관계다. 스타는 이야기를 만들어 내는 대상이라는 것만으로 존재의 이유가 있다. 대중은 스타를 화제 삼아 자신의 욕구를 충족시킨다. 그들은 일면식도 없지만 무한정의 이야깃거리를 제공한다. 사실여부는 그다지 중요하지 않아 보인다. 잘하면 높은 경지의 카타르시스를 덤으로 맛보게 되니 손해 볼 일이 없다.

가수 N씨가 언제부턴가 모습을 보이지 않자, 대중들의 호기심을 자극했다. 마침내 설說은 설을 낳아, 여자 연예인과 야쿠자의 복수까지 급진전했다. 나중에는 남성의 상징까지 훼손하더니, 차마 그대로 둘 수 없었던지 수술까지 받게 했다. N씨는 어떻게 난국을 극복했을까. 그는 저돌적인 제스처로 탁자 위에 올랐다. '벗으면 믿겠는가?' 허리춤을 풀어헤칠 기세였다. 물론 대중들은 그가 정말 바지를 벗으리라고는 상상하지 못했으리라. 스토리텔링(storytelling)이 절정에 이르렀을 때 그는 노련한 방식으로 상황을 정리했다.

사람들은 누구나 자신만의 이야기가 있다. 혼자만의 생각과 독백도 이야기에 해당된다. 생각을 '내적 언어'로 보았던 심리학자들까지 굳이 언급할 필요는 없다.

이야기의 효능을 짐작할 수 있는 예화가 있다. 미국에서 성공한 은퇴자 수만 명을 25년간 추적 조사한 일이 있다. 조사 결과 사회적으로 성공한 사람일수록 은퇴 후 심한 우울증에 시달리고 있었다. 노후까지 사회적 지위로 자신의 존재를 확인하려 했다가 허탈감에 빠진 것이다. 그들을 우울하게 만든 것은 타인과 쉽게 섞여 이야기 나누기를 즐기지 못했기 때문이다. 무의미한 이야기일지라도 그것을 통한 타인과의 공유와 존재 확인은 그 나름대로의 가치가 있는 모양 이다.

사람들은 소외되거나 우울함에 점령당하지 않기 위해, 이야기에 관심을 갖고 그것을 구성하는 데 참여한다. 이야기는 타인에게 전함 으로써 비로소 완성된다. 내가 누군가에 대해 이야기하고 누군가의 이야기에 귀를 기울일 때, 어디에선가 나에 대한 이야기도 만들어지 고 있을까.

사위가 어둑어둑해지자 운전기사의 말수도 점차 줄어들었다. 버스 가 예상보다 빨리 도착하자 그도 서둘러 이야기를 마감했다. 그는 내일이면 또 다른 승객들을 상대로 들어도 그만 듣지 않아도 그만인 무용담을 펼치리라. 소외되고 싶지 않은 승객들도 그의 이야기에 맞 장구치겠지.

(2009)

너도 꽃나무

석양의 퇴근길, 길목에 즐비한 대형 음식점들은 지나가는 차창을 향해 주차를 유도한다. 그들만의 호객 방식이다. 체면치레할 만큼의 상식과 적절한 허영으로 충만된 밤거리는 저마다의 약속을 지키기 위해 술잔을 비워낸다. 식당가에서 뿜어내는 각종 냄새와 연기는 눈치 없이 가을 밤하늘에 가뭇없이 흩어진다. 네온이 앞다투어 불을 밝히는 이 시간, 며칠 전 지리산 자락에서의 보냈던 해넘이의 시간은 정녕 꿈이었을까.

'10월이라고 쓰면 왠지 서먹해서 시월이라고 고쳐' 써야 했던 시월의 끝물이었다. 친구의 초대로 지리산 자락에서 저녁을 맞았다. 그의 전원주택이었다. 주말의 모든 스케줄은 친구의 초대 앞에 한갓 무의

미한 일들에 불과했다.

　하동에서부터 속살거리며 따라오던 섬진강이 슬쩍 꼬리를 감추자, 질펀한 가을 들판이 펼쳐졌다. 뒷목을 젖혀 바라봐도 멀기만 한 가을 하늘은 무한정 리필되는 서비스 품목인 양 마냥 이어졌다. 그 하늘이 조금씩 가까워진다고 느낄만한 높은 지대에 이르렀다.

　친구의 집은 구례군 토지면 오미리 왕시리봉을 병풍 삼아 앉아있었다. 세상의 잡다한 짐들은 홀연히 내려놓고 아내와 함께 퇴직을 서두른 친구였다. 아직도 잡다한 속세의 등짐에서 자유롭지 못한 우리들에게는 그의 혼과 땀이 밴 집 구경은 또 하나의 즐거움이었다. 뾰쪽지붕으로 난 창은 밤이면 별이 쏟아질 듯했다. 어린 시절의 내밀한 다락방이 진화된 공간이었다.

　뜰에서 바라보니, '사바가 발아래'인 마을이 한눈에 들어왔다. 반대편의 산들은 산길을 가르마 삼아 앉아있고 부지런한 농부의 들판은 추수가 이미 끝났다. 논과 밭가에 이웃처럼 자리한 집들은 옹기종기 어깨를 맞대고 앉아 있었다. 서둘러 임무 교대한 시월의 태양은 마침 귀가를 서두르고 있었다. 동해 일출의 찬란함보다 서녘으로 기우는 해넘이의 장엄함에 마음을 빼앗긴 것은 우리의 삶도 일몰의 시간에 더 근접했다는 생각 때문이었을까.

　그때 큰 나무에 지붕을 기댄 어느 집에서 연기가 피어올랐다. 참으로 오랜만에 보는 들판의 저녁 연기였다. 아스라이 먼발치로 피어오르는 연기에 눈이 매울 리도 없었지만 코끝이 매캐했다. 저녁 준비를

서두르던 어머니가 손에 물기를 닦으며,

 "막둥아, 저녁밥 묵자!"

를 외치며 나올 것만 같았기 때문이다.

 사위가 어두워지고 고기가 익어갔다. 유년의 우정 앞에서는 수십 년 세월의 강도 작은 보폭으로 한 발 뛰면 닿을 만큼 가까워졌다. 추억 속의 골목이 꿈틀거리고 운동장의 아름드리 플라타너스도 눈앞에 다가왔다. 서울에 두고 온 번잡한 일일랑 내모른다는 듯, 다음날 예정된 산행도 아랑곳하지 않고, 밤을 잊었다.

 제 앞의 소곡주가 비워지기를 거듭하자 친구들의 얼굴에는 꽃이 한 송이씩 피어났다. 각기 치열한 삶터에서 피워낸 이름과 색깔과 향기가 다른 꽃들은, 저마다의 함초롬한 아름다움을 발산했다. 그 순간 누군가가 그 꽃나무들의 이름을 내게 물었더라면 '너도 꽃나무'라고 말할 뻔했다.

 그날 밤, 친구의 전원田園에서 우린 잠시 삶의 등짐을 내려놓았다. 소진한 에너지를 마음껏 충전했다. 절정을 구가하던 피아골의 절경, 가없이 높고 푸르기만 했던 가을 하늘…. 그 모든 것도 값진 시간을 선물한 친구 내외가 안겨준 정겨움에 비할 수는 없었다.

 '모든 것이 다 사라진 것이 아닌 달' 11월은 그렇게 다가왔다.

(2010)

빈 나무

'사각사각'

눈길을 걸었다. 눈에 덮인 단단한 바윗돌은 신음을 삼켰다. 등산화에 부착한 아이젠 때문이었다. 등산객들은 단단한 돌의 아우성을 외면한 채 저마다 상고대의 절경에 탄성을 내질렀다. 가히 눈의 나라였다. 구상나무와 주목 군락지에는 천수를 누린 노목老木들도 꿋꿋하게 제자리를 지켰다. 잎을 떨군 나목 천국이었다. 그들은 모두 흰 눈으로 발목을 덮은 채 태연히 서 있었다. 눈이불은 포근해 보였다. 조릿대의 날렵하고 푸른 잎과 흰 눈의 대비가 인상적이었다. 덕유산의 겨울은 그렇게 깊어만 갔다.

향적봉을 향해 걸을 때였다. 오른편에 서 있는 특이한 나무에 발길을 멈추었다. 품에 안기도 버거운 아름드리는 생사여부조차 알 수 없었다. 줄기 속이 횡하게 뚫린 채 서 있는 걸 보면 수명을 다한 게 분명했다. 얼굴만 한 구멍으로 반대편의 설경이 훤히 보였다. 저마다 가지에 설화를 매달고 있는 나무들 틈에서, 눈꽃 몇 송이도 걸치지 못하고 맨몸으로 선 줄기에는 목리木理 몇 줄만이 남아 있었다. 온전히 닳고 닳아 지문이 없어진 손가락처럼 매끈했기에 눈꽃조차 피울 수 없었던 모양이다. 나무의 정체가 궁금했다. 더 가까이 다가갔다.

장갑을 벗고 줄기를 만져보았다. 맺힌 것 하나 없이 바람과 볕에 단련된 표피는 겨울볕에 반짝였다. 톡톡 두드리니 맑은 소리가 퍼졌다. 절집 처마에 매달린 목어木魚와 다름없었다. 절집의 드문 수생동물인 목어는 제 몸의 모든 수분을 내어주고 기력이 쇠진해져도 독특한 소리를 낸다. 저 텅 빈 나무의 표피는 그 소리를 내는 것조차 버거운 일인지 모른다. 살과 근육은 물론 나이테의 흔적마저 희미한 나무는 그 뿌리만을 간신히 대간의 정맥에 묻고 직립으로 서 있었다.

가슴에 아련한 파문이 일었다. 언제부턴가 속이 텅 빈 나무를 보면 어머니가 떠올랐다. 오대산 전나무 숲길에서도 그랬다. 자신이 지닌 물기를 다 내어주고 드러누운 늙은 전나무를 보며 쉽사리 발걸음을 떼지 못했다. 어머니는 워킹맘인 나의 버팀목이었다. 자신의 열매는 물론 빈 나무 등걸까지 내주었던 '아낌없이 주는 나무'였다. 평일에 아이를 맡긴 것도 모자라, 방학이면 여행이랍시고 아이들을 부탁했던 일도 부지기수였다. 당신은 아이들 때문에 동창모임에 불참하는 일도 다반사였다.

당시에는 왜 몰랐을까. 돌아보면 후회뿐이다. 예순여섯에 세상을 등졌으니 서둘러 가신 것조차 내 탓이 아닌지 죄스럽기만 하다. 그 때문인지 사모곡 한 편 변변히 쓰지 못했다. 출가한 막내딸의 뒷바라지에 남은 진액을 다 빼앗긴 텅 빈 몸뚱이의 어머니, 자신을 거름 삼아 기른 아이들은 어느덧 뿌리를 실하게 내리고 있다.

생전의 어머니는 타고난 솜씨와 재치로 주변을 빛나게 했다. 가끔 재래시장을 가는 것도 그 안에 담긴 어머니의 흔적을 만나기 위해서다. 부슬비가 내리던 어느 날 시장 복판에 서서 나도 모르게 눈물을 훔친 적이 있다. 맛깔나게 버무리던 봄동과 새콤달콤했던 병어회 무침을 떠올리며 내 몸이 기억하는 어머니의 맛이 파문을 일으켰다. 상대방을 배려하는 마음 또한 무량하여, 말년에 문병 온 지인들은 환자인 어머니에게 도리어 위로를 받고 간다고 했을 정도였다.

더 이상 어머니를 볼 수 없게 된 것도 어언 이십 년이 지났다. 빈 몸뚱이의 저 마른 나무는 거센 바람결에도 한 점 흐트러짐 없이 살과 피, 근육마저 비운 채 서 있었다. 더 이상은 내어줄 것이 없는 청정한 몸으로 찬바람을 맞으며 서 있는 빈 나무를 손가락으로 천천히 두드렸다. 목어의 울림통을 두드리기라도 한 것처럼 '통, 통-.' 청아한 소리가 났다. 맑은 공허가 유난히 시야가 맑았던 중봉 언저리로 번졌다.

이제 늙은 저 빈 나무도 사자가 거대한 몸집을 부려놓고 앉은 듯

한 덕유산 자락에 편히 누워 영원한 안식에 들었으면 싶다. 외로움에 몸을 가누기 힘들 때면 '온몸을 떨며 깊은 울음을 터트릴 때, 멀리서 같이 우는 사람이 있다는 것을'* 기억하기를 바라는 마음만이 간절했다. 가던 길도 잊은 채 일행을 먼저 보냈다. 마른 침을 삼키며 읊조렸다.

"엄니, 이제라도 좀 누워요."

(2012)

* 신경림의 시 〈나목〉에서 인용.

점 하나

새벽부터 서둘러 팔당역에 이르렀다. 여러 지역에서 출발한 벗들과 합류하여 산행을 서둘렀다. 예봉산, 적갑산을 거쳐 운길산을 종주한다니 내 실력을 아는 터라 무척 긴장되었다. 찬 입김을 불어대며 마을길을 돌아드니 숲길이 시작되었다. 몇 개의 봉우리를 만났으나 그다지 험하지 않은 산세에 마음을 놓을 즈음, 가파른 길이 버티고 있었다. 완만함과 경사진 산길의 반복은 여느 산과 다르지 않았다. 가쁜 숨을 고르다가 능선을 오르니 첫 번째 정상이었다.

'예봉산 683m.' 정상의 표지석을 만난 것은 세 시간의 산행 후였다. 정상에 오르면 나목과 키를 재며 팔당교와 한강을 굽어보리라던 바람은 꿈이었다. 일행에서 낙오되지 않아야 한다는 강박감이 컸다.

적갑산으로 향하는 산길은 빙판에 흙먼지가 덮여 위험천만한 내리막
이었다. 내려오기가 더욱 어려운 세상의 이치와 정상 등반도 하산을
위한 과정임을 기억하라는 듯 겨울 바람은 세차게 등을 떠밀었다.

이어지는 적갑산의 표지판도 잡목을 스치며 그저 눈을 맞추었을
뿐이다. 내 속도는 일행의 걸음을 따라잡을 수 없었기 때문이다. 일
행의 발걸음은 가속이 붙었다. 쉼터에서 기다리다가 내가 간신히 쉼
터에 이르면, 휴식을 털고 발걸음을 옮기곤 했다.

기다려준 그들에 대한 고마움도 잠시였다. 더 이상 뒤쳐진다면 남
은 일정이 지연될 것이 뻔한지라 휴식을 원하는 내 몸의 속도를 외면
할 수밖에 없었다. 마음과는 달리 시간이 갈수록 발걸음이 더디어졌
다. 내 몸의 배터리는 방전되어 빨간불을 깜박거렸다.

가까스로 도착 지점인 운길산 정상에 올랐다. 이곳만을 목적으로
했다면 큰 부담이 아니었으리라. 그러나 이미 서너 시간 남짓한 산행
으로 운길산에 취할만한 마음의 여유가 없었다. 늦은 점심을 예약한
식당과의 약속도 점차 지체되고 있었다.

오래전 서거정은 동방의 사찰 중 수종사水鐘寺의 전망이 제일이라
고 격찬했다던가. 절집에서 따뜻한 차 한잔을 나누려는 소박한 꿈은
사라졌다. 모든 것을 내려놓고 산중턱에서 망연히 바라보리라 작정
했던 팔당호도 다음 기회로 남겨놓아야 했다. 운길산 종주는 결코
지울 수 없는 나의 산행 기록으로 남으리라. 나의 불량 체력으로는
무리한 코스였으며, 좀처럼 맛볼 수 없는 완주의 기록이었기에.

  이튿날, 무리한 산행의 후유증으로 나른했다. 퇴근 시 지하철을 탔는데 마침 출입문 앞이었다. 지하철 노선도에 자연스럽게 시선이 갔다. 어제 곤경을 겪었던 하늘색 선의 팔당선이 눈에 번쩍 띄었다. 반가움에 중앙선의 노선을 눈으로 더듬었다. 팔당역에서 운길산역은 고작 한 구간이었다. 노선도에 나타난 간격이 고작 1㎝ 남짓, 축소된 구간이라지만 축지법이라도 쓴다면 한숨에 내달릴 간격이었다. 칼바람 속에서 무려 여섯 시간동안 나름대로의 사투를 벌인 흔적이 불과 손가락 한 마디의 길이에도 미치지 못했다니….

  돌이켜 보니 그 짧은 구간을 대단한 종주 구간인 양 마음을 졸였다. 일행에 낙오되지 않으려 안간힘과 친구들의 도움으로 결국 간신히 하산에 이르렀다.

  지나고 보면 그처럼 모든 것은 순간이었다. 일상에서 무슨 일엔가 부딪히고 해결하고 누군가를 만나고 헤어짐 또한 긴 삶의 여정을 두고 보면 그 정도에 불과하리라. 점묘파點描派의 그림이 떠올랐다. 점이 모여 빈 캔버스를 채우듯 오늘 하루도 삶의 레이스에 점 하나를 찍을 뿐이다. 작은 점點 하나를 위해 무얼 그리 극성으로 안달할 일이 있겠는가.

(2011)

마릴린을 추억하며

전화벨이 울린다/ 나는 뛰어나간다/ 마릴린이 도착했어요/ 그녀는
단지 5시간만 늦었을 뿐이다.

– 버트 스턴(Bert Stern)의 메모 중에서

‘무려 다섯 시간이나’ 늦은 것을 ‘단지 5시간만’ 늦었다고 생각하게
만든 여인. 선입견 때문인지 그녀에게 호감은 없었다. 38−25−38의
환상적인 몸매, 잠잘 때 입는 것은 오직 샤넬5, 세 번의 이혼, 달콤하
고 허스키한 목소리와 금발, 남의 애를 태우려고 작정한 눈빛, 금발에
나른한 걸음걸이, 몽롱하고 도발적인 섹시함의 상징…. 그녀는 20세
기를 대표하는 미국의 영화배우−마릴린 먼로(Marilyn Monroe)다.

J일보 미술관의 '마지막 유혹전展'에 그녀의 사진이 소개되었다. 세상 떠나기 6주 전의 사진들이었다. 당시 마릴린은 소속사에서의 해고와 영화 출연마저 취소된 힘든 시기였는데, 사진 작가 버트 스턴(Bert Stern)은 누드 사진 촬영을 제안했다. 전성기에서 물러난 인간으로서의 그녀를 만나고 힘을 실어주고 싶었으리라. 그날도 약속 시간을 어기고 천연덕스럽게 나타났던 모양이다.

세인의 집중을 받다 보니 그녀의 지각 습관에 대한 의견도 분분했다. 상류층의 파티에서 자신의 무지함을 드러내지 않고, 시선을 집중시키려 한 연출이었다는 점도 수긍이 간다. 그것이 사실이라면 그만한 연출도 없다. 그렇다면 반쯤 벌린 입과 게슴츠레한 눈의 백치미도 의도된 이미지였다는 말일 터.

전시장의 그녀는 다행히도 늦지 않았다. 도리어 나를 기다리고 있었다. 흰 커튼이 드리워져 아늑한 실내는 그녀의 집에 초대받은 듯 은밀한 느낌마저 들었다. 큐레이터는 그곳의 쿠션에 앉거나 편히 누워 사진을 감상하기를 권했으나 그녀 특유의 애절한 표정에 그럴 수는 없었다.

사진 속의 마릴린은 화장기 없는 부스스한 얼굴이었음에도 다양한 표정으로 살아났다. 살포시 드리운 주황빛 스카프에 비친 몸은 완전한 노출보다 더 관능적이었다. 그녀가 몽롱한 표정으로 나를 바라보았다. 엎드린 사진의 팔과 입, 눈가의 주름만이 감출 수 없는 시간을 말해주었다. 서른여섯을 살았지만 많은 곡절을 넘긴 주름살이리라.

그중 유독 나를 붙드는 사진이 있었다. 촬영 한 달 전의 담낭 수술로 인한 손가락 길이만 한 흉터가 선명한 사진이었다. 희고 매끈한 살결 때문인지 흉터는 더욱 도드라져 보였다. 그녀는 사진작가에게 흉터를 지워 달라 했다지만, 사진이 세상에 나왔을 때는 이 세상 사람이 아니었다.

단 한 장의 사진에는 붉은 'X'자가 그어져 있었다. 그 사진만은 인화하지 말라는 마릴린의 표시였는데, 대중이 만든 이미지에 갇힌 자신을 부정하고 싶었을까. 대담한 붉은 선이 죽음을 예고한 듯 보인 것은 나만의 생각인가. 아니면 죽음을 예감하지 못했기에 현상할 사진을 스스로 선별했던 것일까. 그렇다면 지금까지의 이미지를 부정하고, 그것을 딛고 설 삶의 의지를 다졌던 것은 아니었을까.

수술자국과 스스로 그어놓은 'X'. 대중에게 각인된 그녀의 이미지를 떠올린다. 환풍구의 바람을 기다렸다는 듯 치마를 펄럭이며 웃음을 터트린다. 대량 복제와 반복의 상징인 워홀의 팝 아트 작품 속에서도 그녀는 천연덕스럽게 웃고 있다. 그들은 외적인 이미지에만 마음을 빼앗겼을 뿐, 인간 마릴린의 실체에는 무관심했다. 자본주의의 마력에서 헤어나지 못한 굴절된 모습에 가려진, 연기자로서의 정당한 평가가 아쉽다. 돌연한 죽음을 계기로 비로소 그녀를 돌아보게 했을지도 모른다. 그녀에 대한 평소의 비호감이 연민으로 바뀔 때쯤 전시관을 나왔다.

이제 그녀는 섹스 심벌이 아닌, 자신만의 방식으로 살아남기 위해 안간힘을 기울였던 한 인간으로 남으리라. 짧았지만 숨 가쁜 삶을 헤쳐 나온 그녀의 가슴에는 사리 몇 과果라도 뭉쳐졌다면, 그것은 어떤 액세서리보다 빛나는 삶의 훈장이 아닐까.

그녀의 마지막 순간을 떠올린다. 대중의 시선, 육체의 광채가 사라진 그녀의 몸은 약물 중독으로 물기를 잃었으리라. '한 번도 행복한 적이 없었다.'는 그녀의 고백이 나를 붙든다. 그녀에게 조심스레 말을 건넨다.

'이렇듯 당신을 추억하는 사람들이 있으니, 짧았지만 불행했던 것만은 아니었네요.'

(2010)

사유의 옻칠

예습일기 豫習日記

– 2035년 11월 2일; 또 하루가 시작되고

새벽 4시, 눈을 떴으나 달리 할 일이 없다. 옆 침상에서 뒤척이는 김 할머니도 마찬가지겠지. 여러 병실을 순회 당직 요양보호사가 있지만 기척이 없다. 그녀도 여러 병실을 순회해야 한다. 아침 배식까지는 아직 세 시간이 남아있다. 이곳에서는 밥때로 시간을 가늠한다. 아침잠을 털지 못해 핸드폰의 알람이 원망스럽던 때도 있었는데….

기저귀가 젖은 모양이다. 돌아눕기도 거북스럽다. 그렇다고 요양보호사를 불러서는 안 된다. 이곳은 아침 여섯 시가 되어야만이 기저귀를 일제히 바꾸어 주기 때문이다. 지난 주에는 봉사활동 나온 이에게 기저귀 교환을 부탁했다가 곤란을 겪기도 했다. 이곳이라면 용변 처리만큼은 쉽사리 해결되려니 했으나 생각과는 달랐다. 개인에게는 중대한 생리현상이라지만 요양원 측에서는 가급적 합리적인 방법으로 대처해야 할 하나의 업무일 뿐이다.

배설은 식사와 밀접하다. 먹지 않은 즐거움을 탐했던 시절도 있었지만 이곳 생활의 단조로움은 끼니에 집착하게 만든다. 지금껏 지나치게 많이 먹고, 보고, 들었다. 섭취에만 매진했으니 배설의 순환작용이 원활했을 리 없다. 내 몸의 장기와 정신에도 휴식이 필요하리라. 배설의 번거로움을 덜기 위한 정답은 먹는 양을 줄이는 것이다.

내가 이곳에 온 것은 갑작스런 편마비로 인한 용변 처리의 어려움 때문이다. 나의 실수로 가족이 불편을 겪는 것이 괴로웠다. 남편이 외출하고 혼자 있을 때 실수를 하고 나면 난감한 적이 많았다. 집안을 배회하는 수상한 냄새도 싫었다. 이나마 스스로 결정할 수 있었음이 다행이다. 얼마 남지 않을 삶일망정, 내가 감당해야 할 나만의 시간이기 때문이다. 오늘 하루는 또 어떻게 보낼까.

- 2035년 11월 12일; 휠체어 박

이곳 노인의 대부분은 침대에 누워서 지낸다. 반면 박 할머니만이 휠체어에 앉아서 보낸다. 그녀는 아침에 나누어 준 더운 물수건으로 고양이 세수를 하고 나면 곧장 휠체어에 옮겨진다. 병실이 답답한 모양이다. 요양보호사가 할머니를 휠체어에 앉히는 기술은 수준급이다. 두 사람이 한 조가 되어 환자의 겨드랑이 쪽 옷을 야무지게 잡고 '하나 두울 셋─' 구령에 맞추어 가뿐하게 앉힌다. 이때 바퀴는 미리 고정해 두어야 한다. 다행히 휠체어에도 식판 받침이 있다. 그녀가 침대로 돌아오는 시간은 일일 연속극이 끝난, 수면 시간뿐이다.

'휠체어 박'─ 내가 지은 그녀의 애칭이니 누구도 알 리 없다. 휠체어 박의 위치는 고정되었다. 현관 앞, 축구로 치면 골 대 바로 앞이다. 때로는 복도 끝 할아버지 방 입구를 서성이지만 즉시 제지당하곤 한다. 로비에서 텔레비전을 보는 중에도 시선은 현관 신발장 부근을 서성인다. 방문자가 누르는 벨 소리에도 맨 먼저 반응한다. 가끔 봉사자가 그녀의 말벗이 되어줄 때도 현관 부근에서만 휠체어를 밀어 주어야 한다.

그녀는 그곳에서 아들을 기다린다. 침울한 표정에 눈자위가 깊어 보일 때면 아들 얘기를 서둘러 꺼내는 것이 특효약이다. 아들은 박사이며 ○○당원인데 '날마다 바쁘지만, 오늘은 올 것이다.'며 묻지도 않은 말을 되풀이하곤 한다. 그러나 우리 방에서 그녀의 아들을 본 사람은 장기 입원자 두 사람뿐이다. 메아리 없는 기다림에 지쳐가는 그녀를 볼 때면, 아들이 야속하다. 아마 박사 아들도 하루에 몇 번쯤은 요양원의 어머니를 생각할 것이다. 다만 분주한 일상이 발길을 가로막을 뿐이리라.

다른 병상도 마찬가지다. 가족이라야 고작 한 달에 한 번 정도 얼굴을 내밀고, 선 채로 가벼운 안부를 주고 받을 정도이다. 그들이 침대 곁에 머무는 시간은 십여 분을 넘지 않는다. 많은 시공간과 정서를 공유했던 가족이라고는 믿어지지 않을 만큼 그들의 만남은 어색하다.

– 2035년 11월 22일; 골드 미스 팀장

이곳의 간호 팀장은 올드 미스다. 아마 골드 미스로 분류될 것이다. 턱 밑까지 올라온 하얀 셔츠가 답답해 보이는 팀장은 검은 뿔테 안경, 흰 바지 유니폼을 교복처럼 사수한다. 사소한 일일수록 철저하게 파고드는 그녀는 'B사감'의 현신일까. 사오십 대의 요양보호사들도 삼십 대의 그녀 앞에선 무조건 '예스맨'이다. 그런 그녀가 '고객만족'의 화신인 양 상냥하게 변할 때는 환자의 보호자 앞에서 뿐이다. 그녀의 고객은 노인이 아닌 그들의 보호자인 모양이다.

오전에 '휠체어 박'이 간호팀장에게 호된 꾸지람을 들었다. 자신의 지팡이를 K할아버지에게 선물했다는 죄목이었다. 유난히 검고 윤기나는 흑발의 팀장이, 성긴 백발의 할머니를 휠체어에 앉힌 채 질책하는 장면은 블랙코미디를 연상케 했다. 장유유서는 물 건너 갔고, 남녀유별의 시대로 회귀한 것일까. 요양원의 할머니와 할아버지 병상은 같은 복도라지만 엄격히 분리되어 있다. 물론 상호간에 출입을 금하는 규칙도 있었다. 팀장의 질책은 끝날 기미가 보이지 않았다. '할머니의 가족이 면회 왔을 때 이 사실을 알면 뭐라 하겠느냐?'를 강조했다. 아마 이곳이 학교였다면 B사감은 최소한 1주일의 정학을 명했으리라.

지나친 것이 아닐까. 어차피 휠체어에서 소일하는 할머니에게 지팡이는 무용지물이었다. 다만 언제 할아버지와의 미팅이 이루어졌는지는 미스터리다. 이어서 B사감은 보호자들은 할머니와 할아버지 간에 어떤 사소한 교류도 원치 않는다는 말로 훈육을 마무리했다. 있는 듯 없는 듯 조용히 지내주기만을 바란다는 말을 하고 싶었으리라.

– 2035년 12월 2일; 지금

이곳에서 모든 환자는 어르신으로 불린다. 교통사고로 사지가 마비된 50대의 '순아' 씨도, 군기반장 구십 대 '분이' 씨도 어르신이다. 치매인 김 할머니도 어르신으로 불리지만 말투는 반말이다. 나 역시 바람과는 무관하게 '어르신'으로 불린다. 그들 중 불필요한 악센트와 억양이 독특한 A 요양사가 나를 부르는 호칭은 가관이다.

"어머 루쉰(엄 어르신)–"

그녀가 날 부르는 소릴 처음 들었을 땐 깜짝 놀랐다. 1900년대를 풍미했던 대문호 '루쉰'이 이곳에까지 왕림하신 것인지 착각할 정도였으니까. 놀람도 잠시, 한때 무척이나 좋아했던 작가의 이름을 시공을 넘나들어 이곳에서나마 자주 듣는다는 사실이 괜찮았다. 기분 좋은 날이면 어렴풋이 루쉰의 흔적을 새겨볼 수 있는 것도 쏠쏠했다. 물론 그의 잡문 속에 등장한 이들의 면면을 반추해 내기는 버거웠다. 그럴 때면 찬란한 희망보다는 잔잔하고 묵직한 희망으로, 인간에 대한 진지한 믿음을 잃지 않았던 그의 잔영만으로도 충분했다. 지금의 내게는 어려운 시기에 지식인의 고뇌를 뼈저리게 절감했던 루쉰의 치열함까지 떠올리는 일은 심리적 노동에 다름 아닐테니까.

얼마 전 문병 온 가족에게 그의 책을 가져와 달라고 부탁했다. 책장 한편에서 먼지를 가득 쓰고 꽂혀 있을 터였다. 책장을 들추고 귀퉁이가 접힌 페이지의 한 대목에 오래 머물렀다.

추억이란 사람을 즐겁게도 하지만, 때로는 쓸쓸하게 한다.
마음속 실 한 올을 지나가버린 쓸쓸한 시간에 매어둔들 무슨 의미가 있겠는가.
나는 오히려 그것들을 완전히 잊어버리지 못한 데서 고통을 느낀다.
— 루쉰의 〈아침 꽃을 저녁에 줍다〉 중에서

이제 모든 것을 내려놓았다. 창밖으로 이우는 해를 바라볼 때면, 아직 남아있는 추억의 편린을 들추는 일도 부질없다는 생각이 들곤 한다. 현재의 나에게 소중한 순간은 '지금'이다. 은은한 향이 남아있

을지라도 아침 꽃을 흔적도 없이 주워야 한다. 이곳이 내 삶의 종착
역이 될지라도, 추억이 무게가 거추장스럽다 할지라도, 진정 행복했
노라.

나는 지금 '봄날 요양원'에 있다.

(2010)

물레방아 멈춘 사연

아침의 공원은 한적함과 부산함이 공존한다. 밤샘 근무에 지친 가로등은 비로소 잠을 청한다. 운동을 위해 걷는 이들은 빠른 발걸음이지만 왠지 느긋해 보인다. 나처럼 공원을 가로질러 일터로 향하는 사람들만이 부산을 떤다. 그들이 스칠 때면 바람 소리가 난다. 공원은 도시에 만연한 물신 숭배의 부작용을 삭혀주는 안전장치다. 센트럴파크가 없었다면 그만큼의 정신병원이 필요했을지 모른다는 누군가의 말이 결코 과장된 것만은 아니다.

봄 기운 때문일까. 무심히 지나쳤던 정경들에게 눈길을 준다. 수목은 늘 제자리에서 아침을 맞고 있다. 스산했던 나목도 암암리 여문 꽃망울을 터뜨리고 있다. 꽃은 피고지고, 잎은 계절 따라 변색해도 뿌리는 터를 바꾸지 않는다.

수돗가 쉼터의 주인은 가수 할아버지였다. 그는 내가 알기만으로 두 계절이 지나도록 그곳을 장악했다. 그의 영역 표시 방식은 지정곡 열창으로 〈물레방아 도는데〉는 단골 레퍼토리였다. 가끔 그의 신곡이 궁금하기도 했지만 히트곡 하나만을 고집하는 것도 나쁘지 않았다. 언제부턴가 나는 그곳을 '물레방아' 쉼터로 이름 지었다.

'고오향에 물레바앙아 ～～～
오오 느을 도오 도라아 가느은데.

그의 노래가 대단원으로 치닫고 날숨을 토할 때면 허연 입김이 아침의 허공에 분사되곤 했다. 열창의 자세는 단순했다. 허리를 앞으로 내밀었다가 젖히기를 반복하는 동작이었다. 다른 이들의 눈길은 아랑곳하지 않는 베테랑의 여유도 있었다. '물레바앙아 ～ ' 대목에 이르면 '아'의 바이브레이션이 심상치 않았다. 전국노래자랑의 지역 결선은 무난히 통과했을 수준이었다. 돌담길을 돌아 떠나간 누군가가 있는지 확인할 길 없어도 그가 고향을 그리워한다고 믿었다. 고향의 물레방아 대신 도심 공원의 어느 한곳쯤은 자신의 터로 삼고 싶었으리라.

지난 겨울의 강추위는 길었다. 겨우내 침묵했던 인공 하천이 흐르기 시작했다. '해빙기를 맞았으니 그의 노랫가락도 물이 올랐겠지.'

라는 생각에 쉼터를 지날 때마다 유심히 바라보았다. 나의 바람과는 달리 그의 노래는 들리지 않았다.

하루가 다르게 수목에는 물이 올랐다. 고목일수록 튼실한 가지와 무성한 잎을 거느린 그들의 DNA는 인간의 그것보다 우월해 보였다. 얼마 전, 홍릉수목원에서 만난 박달나무가 그랬다. 헌옷처럼 남루해진 굵은 수피는 갈기갈기 갈라져 동화 속의 산신령인 양 백발을 흩날렸다. 중심부는 수壽를 다한 것처럼 보였음에도 곁가지는 움을 틔우고 있었다. 시간이 수액처럼 줄기를 흐르며 새잎을 잉태했던 모양이다. 나이테와는 별도로 노화와 젊음이 동시에 진행되는 수목의 아이러니를 보았다.

물레방아 할아버지도 이쯤해서 재생한 박달나무처럼 자신의 봄을 맞았으면 좋겠다. 도심의 공원, 자신의 쉼터에서 누리는 작은 즐거움을 앗아갈 만한 일이 그에게 있었을까. 혹 병원의 침상에서 아침을 맞는 것은 아닐까…. 어느 날 그가 홀연히 나와 노래를 부른다면 눈인사라도 건넬 것이다.

그날도 할아버지의 등장을 고대하며 쉼터를 지나쳤으나 끝내 그를 볼 수 없었다. 그의 후임자인 양 야구 모자를 눌러 쓴 초로의 남자가 생활정보 신문을 펼치고 앉아있었다.

(2011)

사랑의 이름표

"둥둥둥둥—."

어디선가 북소리가 울려퍼졌다. 그것을 전주前奏로 들려오는 트로트 가요가 걸쭉했다.

"이름표를 붙여 내 가슴에, 확실한 사랑의 도장을 찍어—."

북소리에는 사람을 선동하는 무언가가 있다. 나도 모르게 발걸음이 급해졌다. 노랫소리의 출처는 동네 공원에 있는 노인정이었다.

공원의 귀퉁이에는 'ㅇㅇ경로당'의 다섯 글자가 니스 칠한 갈색 나무판에 버티고 있었다. 한문해서체로 음각된 위풍당당한 현판만은 그것을 보는 사람이라면 누구나 경로사상에 잠기게 할 기세였다. 흔한 노인복지관이나 실버센터도 마다하고 경로당을 고집한 것도 인상적이었다. 오늘은 어르신들의 합창이 창문을 넘어 마침 절정을 이룬 단풍잎 사이로 흩어졌다.

가던 길을 멈추고 잠시 벤치에 앉았다. 낯선 장소에 온 듯 느낌이 새로웠다. 왠지 처연하게만 들리는 어르신들의 노래와 북소리가 와락 달려들었다. 그분들의 표정은 볼 수 없으나 유명 합창단처럼 노래에 전념하고 있으리라. 저분들이 그토록 절절하게 사랑의 이름표를 붙여야 할만한 상황인 것인지는 모르겠지만, 저 정도로 몰입할 거리가 있다는 사실이 새삼스러웠다. 넓지 않은 저 공간에서 할아버지와 할머니가 풍악을 울리며 노래를 부르는 장면은 선뜻 연상되지 않았다. 어느덧 장구까지 가세한 노랫소리는 국악과 트로트의 만남을 실험하는 장場이었다.

내가 사는 아파트 노인정의 할머니 방을 본 적이 있다. 방에는 몇 개의 원탁을 중심으로 의자들이 놓여있었는데, 의자마다 작은 바구니가 매달려 있었다. 빨갛고 노랗던 그 바구니들의 정체를 알 수 없었는데 그것은 할머니들의 고스톱 밑천인 동전바구니라고 했다. 가히 평생교육의 시대라 일컫는 근래에도 날이 밝으면 심심풀이 화투로 소일해야 하는 어르신들이 바로 나의 이웃이었다. 예정된 장수사회로 가고 있으나 그들을 위한 변변한 놀이 공간 하나 갖추지 못한 것 또한 우리의 현실이다.

돌림노래인 양 사랑의 이름표를 붙여주라는 거듭된 함성을 마지막으로 노래는 끝났다. 사랑이라는 이름표를 붙일만 한 그 누구의 이름이라도 있다면 좋으련만…. 그제서야 가던 길을 떠올리며 일어섰다.

노인정 옆 공원 입구에는 양쪽이 고정된 현수막이 거센 바람에 나부끼고 있었다. '나이야 가라, 실버 레크리에이션. 매일 오후 1시부터 진행.' 노래 교실이 끝나면 저분들은 또 무슨 여흥거리로 시간을 메울 것인가. 해는 아직 중천인데….

(2012)

자영업자의 초심

색에는 저마다 표정이 있다. 붉은색을 볼 때면 장미꽃이나 투우사의 망토가 떠오른다. 노란색의 느낌은 상냥함과 관능적인 아름다움이다. 교통 신호등에서 각인된 색의 의미는 조건반사로 이어진다. 빨간색에서는 나도 모르게 멈추고 녹색으로 바뀌면 걷는다. 정치에서도 색은 상징을 담고 있다. 정책의 지향점이나 정당의 정체성을 색깔로 대신한다. 따라서 선거철이 되면 각 정당은 자신들의 이미지를 드러낼 색을 집중적으로 어필한다. 물론 색에 대한 이런 연상은 주관적이어서 개인의 정서와 상황에 따라 다를 것이다.

내가 지금 생각하는 파랑의 이미지는 순수한 열정이다. 그런 파란색을 연상케 하는 가수가 있다. 윤도현이다. 대체로 파란색은 사람을 안정시킨다지만, 그의 파랑은 신바람을 불러온다. 그의 무대는 무겁거나 어둡지 않다. 그렇다고 마냥 가볍지 만도 않다. 흔히 로커에게서 연상되는 고정관념도 그에게는 무의미해 보인다. 그가 밝고 깔끔한 차림으로 시원한 록(rock)을 부를 때면 이마를 덮는 머리조차 답답하기는커녕 신선해 보인다. 윤도현의 열창에 잠기노라면 파란색의 비타민 음료를 마신 것 같다.

가요 서바이벌 프로그램 〈나는 가수다〉는 일요일 밤의 시청자를 흡인한다. 거기에 더해 시청자를 대중문화의 논객으로 만들었다. 출연 가수들은 각기 다른 색을 지녔다. 그들은 편곡이 어디까지 진화할 수 있는지를 입증하듯 다양하게 변주된 곡을 들려준다. 프로그램의 비중을 새삼 언급할 필요는 느끼지 않는다.

그들 중 윤도현의 공연이 빛날 수밖에 없는 이유가 있다. 예외도 있었지만 편곡과 연주자가 모두 자신의 밴드에 있다. 따라서 자신만의 음악적 표현이 가능한 여건을 갖추었다. 본인의 동의와 무관하게 자영업자이다. 이 자영업자는 장르를 넘나들며 가장 적합한 놀이로 재해석된 공연을 선사한다. 라이브 공연으로 다져진 관록은 관객들과 호흡을 조절하며 원숙한 공연으로 이끌어 간다. 록을 선호하지 않았던 청중평가단일지라도 그의 장단에 맞추다 보면 어느새 자리에서 일어나 무대를 즐기고 있다. 그는 '잘하는 것은 좋아하는 것만 못하고 좋아하는 것은 즐기는 것만 못하다.'는 말을 알고 있을까. 그가 가락을 떼면 기다렸다는 듯이 관객도 덩달아 즐기는 장면을 볼 때면,

'놀지않은 자 유죄'라고 외치는 듯하다. 그는 대중이 연예인에게 가질 법한 신비감 대신 음악을 통한 소통을 중시한다. 관객이 일어나 공연을 즐기게 만드는 마력이야말로 그가 소통을 위해 노력한 결과가 아닐까.

이제 그의 변신을 같은 무대에서는 볼 수는 없게 되었다. 그가 〈나는 가수다〉에서 마지막을 예감한 무대 인사는 '즐거웠습니다.'였다. 한바탕 놀이가 끝나고 그가 퇴장한 무대는 여운이 길었다.

이렇듯 유쾌한 자영업자가 요즘 새로운 콘서트 무대를 준비한단다. '초심유지 인증 콘서트'라던가. 윤도현에게 초심은 '열정과 감사'라고 했다. 음악을 시작하고 밴드를 결성했던 그 시절의 각오를 잊지 않을 것임을 관객 앞에서 인증하는 공연이라고 한다. 그는 초심을 지키기 위해 오늘도 연습실에서 기타 줄을 고르고 있으리라. 나아가 그도 자신만의 세월을 입으며 어떤 색으로든지 변해가겠지만 초심을 점검하는 마음가짐이 대견하지 않은가.

문학이야말로 소규모 자영업이다. 작품마다 외부 편곡자나 코러스를 영입할 필요가 없으며, 타인과의 화음이 반드시 필요한 것도 아니다. 뒤란에 사유의 우물 하나 깊게 파서 그곳에 물이 그윽하게 고이기를 기다려야 한다. 집필은 그곳에 고인 사유의 깊은 물에 두레박을 드리우는 일이다.

초심을 색으로 표현하자면 파란색이 아닐까. 파란빛이었을 나의 초심은 시간과 바람에 바래 그 빛을 잃었다. 이쯤 해서 내게도 초심이 한 조각이라도 남아있는지 들추어 보아야겠다. 한 문장을 깁기 위해 고심하던 나는 어디로 갔을까. 어설픈 지식을 늘어놓고 지면을 채우려는 얕은 수를 쓴 일은 얼마나 많았던가.

사유의 우물가를 배회하며 우물 속을 들여다본다. 겨우 제 얼굴만을 되비추고 있는 얕은 물, 그곳에는 자신만의 우물에 몰입하지 못하고 기웃거리는 어설픈 자의 모습이 보인다. 무척이나 낯익은, 그러나 낯선 얼굴에 도망치듯 돌아선다.

(2011)

어느 동물원 이야기

며칠째 쓰고 있는 글을 마무리하지 못했다. 소재의 나열과 설명으로 급급했던 부분에 과감히 '삭제' 키를 누르고 나니 건질 것이 없다. 이렇게 하려고 시작한 것이 아니었는데….

어제는 색다른 광고를 보았다. 퇴근 후 엘리베이터를 기다리는 아파트 현관에 붙은 어느 대학생의 '과외 모집' 광고였다. 그는 'D외고 실패, S 대학 실패, 수능 ○등급으로 재수' 등으로 자신을 소개하고, 재수 후 성적 향상 과정과 일류대 합격 경위를 간략하게 적었다. 감추고 싶었을 자신의 전력을 스스럼없이 드러내, 성적 부진 학생의 부모라면 한 번쯤 상담해 보고 싶은 생각이 들었다. 강사의 화려한 경력을 나열한 다른 광고와는 접근 방식이 달랐다. 떼어가도록 만들어진 광고 하단의 전화번호는 한 장도 남아있지 않았다.

어느 동물원 이야기가 생각난다. 일본의 최북단 '아사히카마(旭川市)'라는 조용한 도시에 있는 작은 동물원이다. 지금은 매년 300만 명이 다녀가는 호황을 누린다지만, 몇 년 전만 해도 폐쇄 위기에 놓였다고 한다. 첨단 시설의 놀이동산과 TV 매체 증가로 관람객이 현저히 줄었기 때문이다. 그것을 시대의 변화에 따르는 사양 산업이라고 단정해버렸더라면 오늘의 신화는 없었으리라.

관람객이 급격히 감소하자 동물원 직원들은 원인 분석에 들어갔다. 계속되는 고민에도 그 이유를 찾지 못하자, 그들은 관람객 편에 서서 생각해보았다. 직원들은 침팬지의 공간에 앉아 역逆으로 사람을 구경하는 침팬지의 모습을 예상해 보는 등 동물원의 진정한 가치에 대해 심사숙고했다. 그들이 알아낸 것은 의외였다. 동물들이 관람객에게는 무관심했고, 오로지 사육사에게만 매달렸다는 사실이었다.

희귀 동물도 없는 작은 동물원이 고객을 끌어당기는 마력은 바로 역발상逆發想에 있었다. 지금까지는 동물을 건강하게 길러 증식하는 것으로 만족했지만, 동물들의 행동 전시로 방향을 바꾸게 되었다. 동물의 특성과 매력을 보여주고 사람과 공생하는 존재임을 느끼게 했더니 관람객은 늘어났으며, '창조혁신상'까지 수차례 받게 되었다.

수긍이 간다. 동물의 생김새는 박물관이나 영상으로도 얼마든지 알 수 있는데, 굳이 동물원을 찾을 필요가 있겠는가. 펭귄의 귀여운 모습만으로 본질적인 것을 알 수는 없다. 겉모습을 보는 관람에서 벗어나 동물의 습성과 능력 등 진정한 가치를 알게 되었다.

동물원 이야기가 길어졌다. 혹시 수필을 쓰면서 소재 묘사나 경험의 나열에 머무르지는 않았던가. 나의 체험을 적당히 들려주고, 은연중에 자신의 어떤 점을 과시하려 하지는 않았던가. 그렇다면 내가 던지고자 하는 메시지가 무엇인가.

이제 위치를 바꾸어 볼 일이다. 내가 독자가 되어 보는 것이다. 독자의 입장에서 그 글을 읽고 어떤 마음이 드는지 느껴보리라. 은연중에 자신의 고상함을 과시하려 했거나, 사려 깊은 척하지는 않았는가. 쥐꼬리만 한 지식을 부풀리지는 않았는가.

본격적인 '아사히야마' 동물원 따라잡기에 나서 보자. 발상을 뒤집어 반란을 꿈꾸자. 사냥에 성공하려면 사냥감처럼 생각하고 좋은 낚시꾼이 되려면 고기처럼 생각하라고 했던가.

(2009)

사유의 옻칠

조각가 '권진규 전'을 한 달 만에 다시 찾았다. 마침 모임 장소가 덕수궁 미술관인 것이 내심 반가웠다. 같은 전시를 재차 관람하는 일은 드물었기에 그에 따른 기대도 컸다. 처음 그의 작품에서 느꼈던 낯선 낯익음을 떠올리자니, 비운悲運이라는 수식어가 따라다녔던 그에 대한 사전 지식은 국경을 초월한 비극적인 러브 스토리의 주인공이었다. 이제 오롯이 작품으로 만나고 싶었다.

그의 대표작인 〈자소상〉 앞에 섰다. 붉은 가사를 걸쳐서인지 등에서 타고 오르는 목 선線이 아스라했다. 과감하게 깎아내린 양어깨의 밋밋함은 삼각형의 양 변을 연상시켰다. 덕분에 여백이 살아난다. 그 선을 따라 허공에 선을 그리고 싶은 충동이 일었다. 권진규는

1973년 모 대학의 미술관에 전시되었던 이 작품을 본 이후 스스로 목숨을 끊었다. '인생은 공, 파멸'이라는 유서를 남긴 채…. 그가 쏟아 낸 '공과 파멸'의 넓이와 깊이를 감히 헤아릴 수는 없다. 삭발한 승려의 모습으로 응시하는 그에게 눈을 맞추었다. 그의 상실감과 허무를 어렴풋이 헤아리고자 '냉정한 우울'과 '당당한 불안'…. 결코 어울리지 않을 어휘들을 삼켰다.

때는 외국 작품의 무분별한 모방으로 추상이 주류를 이루던 시절이었다. 그는 구조에 대한 근본 탐구가 결여된 조각계의 현실을 직시했다. '한국에서 리얼리즘을 정립'하려던 바람을 가진 것도 그 때문이었으리라. 반면 1971년 그의 개인전에 대한 반응은 차가웠다. 추상조각이 대세였기에 권진규의 테라코타의 건칠 기법을 대수롭지 않게 여겼기 때문이다. 한국 예술의 정체성에 대한 그의 신념은 좌절되었으니, 자의식이 강했던 그가 실의에 빠진 것도 무리는 아니다. 20세기 중엽 한국 조소미술의 역사를 바꿔 놓았다'는 호평은 근래의 일이다. 주변의 몰이해로 인한 고립 속에서, 그의 작품으로는 추상의 급물살을 거스르기는 버거웠으리라.

그는 자신의 명함에 '테라코타 권진규' 라고 새길 만큼 테라코타(treea cotta)에 전념했다. 작품은 망치와 끌로 재료를 쪼아 다듬어지는 여느 조각품과는 달리, 점토를 조금씩 붙여가는 과정에서 생긴 굴곡이 그대로 드러났다. 그가 유독 테라코타에 천착했던 것은 흙덩이를 직접 만지고 주무르며 수천 도의 뜨거운 가마 속에서 작품을 되살려

내는 희열 때문이었을까.

　인상적인 것은 그가 즐겨 사용했던 건칠乾漆이다. 그것은 삼베에 칠을 적셔 여러 겹 붙인 뒤, 표면을 거칠게 마감한 기법이다. 그 과정에서 재료의 질감은 그대로 드러난다. '돌도 썩고, 브론즈도 썩으나, 테라코타는 아이러니컬하게도 잘 썩지 않는다.'던 그의 말을 떠올린다. 옻칠로 인해 견고한 내구성을 갖게 된 작품은 그가 추구한 영원성을 드러내기에 적합한 선택으로 보였다. 조각이라면 청동이나 대리석을 연상했던 고정관념을 깨는 데는 많은 시간이 필요치 않았다. 그는 매끈한 마무리를 굳이 피해 사물의 고유한 성질이 덮어지고 이미지의 우월성만이 남는 것을 우려하지는 않았을까.

　얼마 전 '다시 읽고 싶은 실험 수필'에 대한 청탁이 왔다. 실험수필, 거기에 더해 '다시 읽고 싶은'이라니 막막했다. 물론 그것을 시도한 적도 있었으나 '실험'을 실험하려던 의도는 늘 빗나갔고, 낯설게 하려 할수록 낯익은 것들의 유혹이 기꺼웠다. 변명거리도 없지 않았다. 무엇보다 수필이 실험 대상인가에 대한 회의와 그것의 결과도 아직은 실감할 수 없었기에 절실하지도 않았다. 하나 이번에 달랐다. 보낼 원고가 마땅치 않았음에랴.

　요즘 대립상태인 실험 수필을 떠올린다. 옷을 갈아 입고, 헤어스타일에 변화를 준다고 그 사람의 본성이 바뀌지는 않는다. 행을 바꾸고 화자의 시점이 일인칭을 벗어나는 것이 진정한 실험은 아닐 터, 현란한 어휘로 당의정을 입힌다면 이미지에만 공을 들이는 셈이다. 고운 어휘를 고르고, 우아해 보이려는 생각으로 치장했던 문장을 떠올린다. 불필요한 묘사가 주제를 덮어버렸던 글도 있다. 나의 의도를 전달하지 못하고 감상에 취해 독자에게 따라오기를 부추기기도 했다. 거기에 더해 낯설게 하려는 의도로 자신도 미처 적응하지 못한 생경한 형식을 취한 적도 있다. 이렇듯 미묘한 변주는 본질에 이르는 길을 더디게 할 뿐이다.

　권진규에게 '옷'은 남과 다른 시선이다. 그것이 없었다면 그의 작품의 의미는 다르게 와 닿았으리라. 대상과의 끊임없는 대화로 내면에 집중할 일이다. 자신과, 세상과 끊임없는 대화로 군더더기 없이 본질에 도달할 수 있다면 표면이 거칠어도 좋으리. 거기에 더해 나만의 사유라는 옷칠이라도 할 수 있다면….

(2010)

그 남자의 손

그는 인도人道 점령군, 보도블록은 그의 진열대다. 그것만으로 부족했을까? 허공의 영역 표시인지, 커다란 비치파라솔까지 세웠다. 빨간 플라스틱 바구니에는 사과나 딸기를, 노란 바구니에는 참외나 오렌지를 담았다. 과일을 돋보이게 하기 위한 나름대로의 진열 방식으로 보인다.

그의 노점 문제는 반상회에서도 거론되었지만 유야무야 되었다. 대형 마트가 들어서면 그의 노점도 자취를 감추리라 짐작했다. 긴 공사가 끝나고 주변이 정비되었으나 그가 의연하게 영업을 하는 것은 의외였다. 사람들도 더 이상 문제 삼지 않았다. 사소한 불편이 한 사람의 생계에 지장을 줄 정도는 아니라는 묵계였으리라.

그의 문제는 인도 점유뿐이 아니었고 청결 상태도 불량했다. 세수
한 지 일주일은 된 듯한 얼굴과 손은 황인종의 살색이 아니었다. 원
래의 색상을 알아볼 수 없을 정도의 지저분한 입성도 거슬렸다. 오죽
했으면 사람들은 그가 봉지에 넣어준 과일은 더욱 잘 씻어야 될 것
같다는 농담을 주고받았을까. 한 술 더 떠 대낮부터 코골이는 예사였
다. 잠깐 눈을 붙이는 정도가 아니어서 손님이 인기척을 해야 깨어날
정도였다. 침상은 아파트에서 재활용품으로 분리된 1인용 고급 소파
였으니 호화 노숙자의 면모를 고루 갖춘 셈이다.

퇴근 무렵의 지하상가는 젊은이들이 넘쳤다. 요즘 그곳의 호황 업
종은 손을 전문적으로 관리하는 네일숍으로, 손님들은 여직원에게
손을 맡긴 채 1:1로 마주앉아있었다. 손톱에 문양을 그려주기까지의
과정이 끝나면 건조기 아래 손을 펴서 말렸다. 손의 변신을 기대하며
시간을 죽이는 젊은 여성들을 선뜻 이해할 수 없었으나, 그것은 나의
관점일 뿐 그녀들은 진지했다. 그 정도로 공을 들인 손이라면 남 앞
에 자신 있게 내놓고 싶으리라.

오늘은 뜻밖에 젊은 남자가 앉아 있었다. 남자는 분홍색 받침에
팔목을 대고 여직원은 그의 손을 잡고 줄로 손톱을 다듬고 있었다.
핑크톤으로 장식된 아기자기한 가게에 앉아 여인에게 손을 맡기고
있는 남자의 정체가 의심스러웠다. 연예인으로 보이지는 않았으니
딴 세상의 풍경이었다.

외모가 경쟁력인 시대는 남자에게도 예외가 아니다. 악수를 할 때

첫 스킨십은 손이다. 손으로 상품을 가리키며 설명하는 영업직일 때면 손 관리도 필수라고 한다. 면접 시 깔끔한 인상을 주는 데도 손의 상태도 작용한다니, 이제 남자 손마저도 관리대상인가 보다. 물론 현대사회는 고정된 성역할을 강요하지 않으며 남성에게 상황에 따라 남성성을 포기하기를 권한다. 그것은 여성에게도 마찬가지다. 혼란스러운 생각을 가다듬으며 계단으로 오른다.

예의 과일 노점은 딸기 냄새를 솔솔 풍기며 행인들을 유혹했다. 무심코 지나치려는데 윤기가 흐르는 빨간 과육이 시선을 붙들었다. 상자 조각을 찢어서 만든 가격표는 '1kg 8,000원'이 제멋대로 쓰여 있었다. 잠에서 깨어 활기차게 일하는 모습도 의외였다. 그가 제철이 지난 윤기 잃은 사과를 수건으로 정성스레 닦고 있었다. 왼손에 쥔 사과를 이리저리 돌려 닦다가 바구니에 담았다. 그것들을 바구니에서 떨어지지 않게 3층탑을 쌓고 쌓았다. 그의 손을 거친 사과탑은 반짝거렸다. 탑이 무너질세라 조심하는 그의 손길은 섬세했다. 그를 불성실한 사람으로 여겼던 생각을 바꾸어야 하나.

딸기를 달라는 내 말에, 그는 조심스레 봉지에 담기 시작했다. 투박하고 지저분한 그의 손은 다소곳한 손길로 변했다. 봉지를 저울에 올리자 놀랍게도 1,100g이었다. 100g의 덤까지 정확하게 계량한 그의 손이 달리 보여 준비 없는 덕담을 건넸다.

"아저씨 손이 저울이네요."

"잠자는 시간 빼고 이십 년 간 해온 일인데유, 뭘…."

쑥스럽다는 듯 머리를 긁적이기까지 했다. 덩달아 내 발걸음이 가벼워졌다. 아마 그는 잠 속에서도 과일 계량 연습에 열중했는지 모른다. 지저분하다고 찌푸렸던 그 손은 고단한 삶의 훈장이었다.

과일 노점과 네일숍, 남자의 손을 생각해 본다. 어느 편이 생활에 충실한 손이라 할 수 만은 없는 일이다. 거칠고 투박하거나, 부드럽고 고운 손이거나 모두 나름대로 삶의 여정을 담고 있다.

손은 삶의 이력서, 인체에서 가장 분주한 일꾼이다. 손을 아끼며 삶 속에 온전히 자신을 내던지기는 어려운 일이다. 중년 이후엔 자신의 손을 책임지라는 말이 나올는지 모른다. 그것이야말로 자신의 삶을 고스란히 드러내는 척도가 아닐까. 표정없는 나의 손을 바라본다.

(2009)

그의 향기
— 영화 〈울지마 톤즈〉에 부쳐

다큐 영화를 멀티플랙스 영화관에서 만나기는 쉬운 일이 아니다. 흥행과는 거리가 멀기 때문이다. 머뭇거리다 개봉관에서 흔적을 감추는 바람에 놓쳤던 영화들을 떠올리며 서둘렀다. 관객들은 어두컴컴한 상영관 계단을 조심스럽게 올라왔다. 미사 참례자의 경건함마저 담겨있었다. 영화에 대한 사전 지식 때문이리라.

〈울지마 톤즈〉 — 영화는 수단의 '톤즈'라는 마을에 정착한 한국인 신부 '이태석'의 실화였다. 아프리카의 최빈국 수단은 끊임없는 내전으로 인해, 가난과 질병도 모자라 원주민의 삶은 증오와 분노로 더욱 황폐해 있었다.

그가 선택한, 아니 그를 기다렸던 '톤즈'는 민간인들도 총을 소지할 정도여서 총상 피해는 일상이었다. 밤도 없이 밀려드는 환자들을 위해 병원을 짓고, 거동이 어려운 한센인들에게는 세상과의 끈이 되었다. 그는 그곳에 파견된 것이 아니라 온전히 그곳에 동화되었다.

이태석은 의사와 성직자로 머무르기엔 지나치게 많은 달란트를 가졌다. 그는 교육의 절실함을 간과하지 않고 암울한 현실을 타개할 불씨를 심어주었다. 거기에 더해 천부적인 뮤지션이었다. 브라스밴드를 결성하여 소년병들의 손에 총 대신 악기를 들려주었다. 그들은 관악기 연주로 그 나라의 자랑거리가 되었다. 단원들과의 정서적 교감은 신이 그들에게 내린 아름다운 선물이었다.

후원금 모금을 목적으로 휴가 차 온 한국에서의 말기암 판정은 청천벽력이었으리라. 그럼에도 불구하고 그는 한밤에도 문을 두드리는 환자들이 자신을 기다리는 '톤즈'에 돌아가려 했다. 시한부 생을 선고받고서도 그가 한 일은 그들의 후원을 위한 음악회였다.

짧은 투병 후 그는 떠났다. 의사와 성직자, 교육자, 지휘자, 건축가의 호칭도 부족했던 그는 '사람꽃'이었다. 가장 보잘 것 없는 사람들에게 해 준 것이 곧 내게 해준 것이라는 예수님의 말씀을 실천했던 그에게서 '톤즈' 사람들은 예수님의 모습을 보았을까. '톤즈'의 아버지였던 그의 죽음이 원주민들에게는 받아들이기 힘든 소식이었다. 비로소 장례 장면을 영상으로 본 밴드 부원들은 그의 사진을 앞세우고 시가행진으로 신부님을 보냈다. 그들의 송별가였던 서툰 발음의 합창에 객석은 더 이상 눈물을 참지 않았다.

"당신이 내 곁을 떠나간 뒤에 얼마나 눈물을 흘렸는지 모른다오—."

그가 아이들에게 가르쳐 준 노래로 극장 안은 울음바다로 변했다. 나는 혼잣말을 삼켰다. '울어라 톤즈, 목 놓아 울어라. 이만한 일에 어찌 울지 않으랴.' 얼마 전부터 눈물에 인색해져 애잔한 일에도 그저 눈물을 글썽이다가 말았다. 지하철의 맹인 걸인을 볼 때면 장애의 진위 여부를 분석하거나 천 원을 외치며 껌을 파는 노인 앞에서도 태연했다. 무디어진 마음 때문에 눈물의 카타르시스를 맛본 지도 오래되었다. 근래 이토록 울어본 일이 있었던가.

사람들은 타인에게 무언가를 베풀 때 자신에게 되돌아올 몫을 먼저 의식하곤 한다. 자판기에 넣은 동전만큼의 구체물이 주어지기를 기대한다. 해준 것 만큼의 보상이 주어지지 않으면 실망한다. 그것은 차라리 거래에 가깝다. 이태석 신부는 그들에게서 무엇을 기대하고 베풀지 않았다. 온전히 그들 안에 들어가 꽃이 되었을 뿐이다.

영화관을 나서자 붉은 눈자위의 관람객들은 서로 시선을 피하며 엘리베이터 벽만 바라보았다. 엘리베이터가 멈추면 백화점 1층 향수 매장이었다. 늘 그곳을 지나칠 때면 값비싼 향수 냄새가 진동하곤 했다. 그러나 오늘은 향기롭지 않았다. 가장 낮은 사람들에게 꽃이 되었던 그 남자의 향기만이 그 어떤 고급 향수보다 향기로웠다. 마침 명절을 앞두고 선물 꾸러미를 든 이들로 백화점은 북적거렸다. 그들의 선물 중에 자신보다 낮은 사람들에게 주기 위한 것들이 과연 몇이나 될까.

(2011)

초대받지 않은 손님

그날 새벽, 초대받지 않은 손님처럼 그가 왔다. 기실 그의 방문은 예견된 일이었다. 사나흘 전부터 그의 위세에 대한 예보가 분분했다. 2003년 한반도 상륙 당시 최강이었던 '매미'급이라고들 했다. 태풍 '곤파스'는 시속 50㎞로 그렇게 왔다.

출근길이 불안하여 서둘러 집을 나왔으나 엘리베이터는 움직이지 않았다. 정전이었다. 급한 마음에 17층을 단숨에 내려오니 현기증이 났다. 간신히 차에 오르니 라디오는 틈틈이 기상 특보를 들려주었다. 지하철 1호선 일부 구간의 불통으로 교통대란이 시작되었단다. 여성 진행자의 들뜬 음성에 '설마 그렇기까지야.'라는 생각도 들었다.

경인고속도로로 향하던 중 목동에 접어들었다. 도로는 왕복 8차선의 거대한 주차장이었다. 자동차의 숲에서는 경적 소리와 교통신호도 무용했다. 이정표는 빨래처럼 나풀거렸고 플라타너스 잎은 차도에 짓뭉개져 있었다. 절정을 구가하던 초록 이파리들의 단풍을 향한 꿈도 사라졌다. 아름드리 가로수도 충치가 뽑힌 듯 뿌리를 내보이며 쓰러졌다. 평상시는 도로 옆에 서서 열병식을 치르듯 변함없이 배웅하던 녀석들이 시위하듯 차도를 점령한 것이다. 공중전화 부스까지 합세해 통째로 차도에 드러누웠다.

방송은 휴교 조치가 가능함을 알려주었고, 지하철 역 부근에서는 사람들이 차도까지 쏟아져 나왔다. 피난민을 연상케 하던 그들은 택시와 버스를 향해 아우성쳤지만 거부당했다. 더 이상의 합승은 곤란할 정도였기 때문이다.

차창 밖의 장면은 재난이었다. 인부들은 쓰러진 전신주를 세우고 건물 벽을 덮친 거목을 자르고 있었다. 눈치 없이 전깃줄에 육중한 몸을 기댄 나뭇가지도 전기톱에 잘려나갔다. 일상의 풍경이 속수무책으로 아수라장이 되었다는 사실을 믿을 수 없었다.

태풍은 여름의 연례 행사였다. 근래 해수온도가 높아지는 바람에 태풍도 덩달아 세를 부풀렸단다. 태풍의 위력 앞에서는 첨단 기술과 인간의 지혜는 한갓 무용지물이었을까. '곤파스'는 그것들을 비웃듯이 덮쳤다. 이어서 우리나라 상륙 순서를 기다리는 놈들이 더 있다는 예보도 나돌았다.

영화 〈더 로드(The Road)〉가 떠오른다. 자연 재앙으로 인해 폐허로 변한 세상에 살아남은 부자父子, 그들은 막연한 희망을 찾아 남쪽 나라로 향한다. 그들의 나날은 목숨을 부지하기 위한 힘겨운 사투의 연속이었다. 아버지는 아들을 구하기 위해 결국 살인을 저지른다. 그들이 겪는 수많은 일화들은 인간사냥꾼으로 변한 살아 남은 자의 처참함을 전해주었다. 재난을 소재로 한 많은 영화들은 지구상의 재앙을 해결하는 방법으로 미국인 영웅을 등장시키곤 했다. 〈더 로드〉는 결론이 뻔한 헐리우드식 결말 대신 긴 여운을 남겼다.

재해는 더 이상 영화 속 이야기만은 아니다. 그것은 원시 시대부터 있어 온, 우주의 자연스러운 순환이다. 내면의 용틀임을 더 이상 참지 못한 마그마 가스는 붉은 울분을 토한다. 심해에서 균열의 욕망을 삼키던 지각판의 갈등은 결국 땅을 가른다. '쓰나미'가 덮친 해안은 땀으로 일군 터와 사람들을 가뭇없이 삼켰다. 문명의 성과물과 마천루가 없던 원시 시대 사람들은 자연이 노怒한 것이라 여겨 해일을 피해 산으로 오르며 그저 울부짖었으리라. 자연은 그렇게 멸종과 생성을 거듭했을진대, 현대인은 제 손으로 쌓은 것들이 많아 겉잡을 수 없는 피해를 남긴다.

저녁 뉴스는 '곤파스'의 전리품들을 보여주었다. 교통대란으로 도시 기능이 마비되었으며 고층 건물의 유리창도 파손되었다. 초토화된 농지에서 물에 잠긴 벼와 때 이른 낙과落果로 울상이 된 농민들의 인터뷰를 내보냈다.

디지털의 해일은 '생각대로 T'라는 광고 대목처럼 마음만 먹으면 안되는 게 없는 모양이다. 아이폰과 갤럭시폰은 손바닥 안에서 이루어지는 세상과의 소통을 자랑한다. 때와 장소에 구애받지 않고 신문과 책을 읽을 수 있는 것은 기본이요, 멀티미디어 콘텐츠를 실감나게 감상하기에 부족함이 없단다. 가히 모바일 엔터테인먼트의 시대다.

반면 제 아무리 첨단 IT 산업이 발달했다 하더라도, 자연의 재앙을 막을 길은 없다. '오늘날 인류의 삶은 문명의 화산 위에 살아가는 형상'이라 했던 어느 학자의 말에 공감하지 않을 수 없다.

초대받지 않은 다른 손님들도 몰려온다고 한다. 소비가 주는 쾌락에 젖은 인간들의 호들갑에, 자연이 내리치는 준엄한 죽비인지도 모른다. 그것들은 스스로 세를 부풀리기도 하지만 꼬리를 슬그머니 내리기도 한다. 세상을 보아가며 스스로 강약을 조절하는 것은 아닐까. 이번에는 '말로(Malou)' 라던가. 지금 북상 중이라는 녀석의 말로末路는 어찌 될 것인가. 아니 화산 위에서 살아가는 우리들의 말로가 심히 궁금하다.

(2010)

가끔은 뒤돌아보아라

일주일 만에 비가 개었다. 구름 몇 장이 치악산 봉우리를 배회하고 있었다. 비경을 담은 동영상이 느리게 움직였다.

상원사까지만 가기로 했다. 해발 1,182m의 남대봉은 엄두가 나지 않았기 때문이다. 우리나라에서 가장 높은 곳에 있다는 절집이라니 나의 목적지는 그곳으로 족했다. 일행과는 하산 길에 합류하기로 하니 다소 여유로웠다.

여름 숲은 울창했다. 수목은 더는 품을 수 없을 만큼 물기를 머금었다. 잎에 매달린 물방울이 인기척에 놀라 물방울을 뿌렸다. 굵은 줄기를 흔들어댄다면 풋물이 뚝뚝 떨어질 것만 같았다. 수목은 그렇게 푸른 잎을 키우고 있었다. 나무가 하늘을 덮어 숲속으로 난 길은

볕이 들지 않았다. 그 숲에서는 검은 줄기와 푸른 잎이 전부였다. 잎은 하늘이 보이는 구간에서는 빛을 받아 반짝거렸다.

숲은 한적했다. 비로소 내 속도의 산행을 시작하니 발걸음은 여유로웠다. 마침 장맛비로 세를 불린 계곡은 골마다 폭포를 이루었다. 이런 함성 들어보았냐는 듯 바윗돌을 치고 돌아 급한 물살을 이루었다. 그러다가 제풀에 지친 듯 깊은 소沼를 만들었다. 선녀탕이라 부르고 싶은 곳도 수십 개였다. 그곳에서 잠시 속도를 조절하기 위해 숨을 고르고 있었다. 산행 내내 나를 따라오던 계곡물 소리, 이런 호사의 기회는 많지 않으리라. 내 몸에 그것들을 비축할 수 있다면 결이 다른 공기와 수없이 부딪치던 물소리, 숲의 초록을 저장해 두고 싶었다.

쉴만한 곳을 찾아 멈추었다. 반반한 돌에 앉아 왔던 길을 되돌아보았다. 비로소 걸어온 길이 보였다. 비에 젖은 황톳길은 완만한 곡선으로 묵묵히 누워있었다. 넓지도 좁지도 않은 다소곳한 길옆으로는 잘 자란 나무들이 서 있었다. 바람이 스칠 때면 한숨 돌려 쉬어가라는 배려인지 수목은 조금씩 휘어져있었다. 위에서 내려다 본 길은 그렇게 아름다웠다. 그것을 느끼지 못했을 뿐.

지금껏 앞으로 난 길을 걷는 것만이 최선이라 생각했다. 내가 걸었던 산길도 늘 앞으로만 향해 있었다. 휴일의 명산을 찾다보면 오르막으로 치닫는 일렬종대의 행렬을 만나곤 했다. 도봉산에서도 그랬다. 밧줄을 잡고 오르는 급경사 구간에서는 오던 길을 되짚어볼 수도 없었다. 꼬리를 물고 올라오는 사람들 때문이기도 했다. 하산이라고

다르지 않았다. 내리막에 발을 헛디딜세라 땅이 뚫어져라 앞만 보곤
했다. 그것은 길의 속성과는 무관한 산을 오르는 자의 고정관념인지
도 모른다.

내 삶에서 만났던 수많은 길이 떠올랐다. 더러는 평지도 있었지만
오르막길과 내리막길이 들숨과 날숨인 양 이어졌다. 그 길에서 많은
것들을 만났다. 가끔은 걸림돌이 가로막거나, 제 무게를 가누지 못하
고 길 한가운데 쓰러져 있는 고목을 만났다. 목적지와 다른 방향인
줄 모른 채 오랜 시간 땀 흘리며 걸었던 적도 있다.

우리에게 주어진 삶의 길은 목적지에 이르기 위한 도구만은 아니
다. 일본 시인 다카무라 코다로였던가. 그는 자신의 시 〈도정道程〉에
서 첫 구절을 이렇게 노래했다.

'내 앞에는 길이 없다.
내 뒤에는 길이 생긴다.'

내가 걸어왔던 그 길이 바로 나의 길이었다. 이제부터라도 가끔은
걸어왔던 길을 되돌아보리라. 그 길을 가로막던 돌멩이도, 길가에 서
있던 겸손한 나무들도 기억하리라. 무엇 때문에 앞만 보고 왔던가.

(2011)

엄현옥 수필집

발톱을 보내며

인 쇄 / 2012년 6월 15일
발 행 / 2012년 6월 22일

저 자 / 엄 현 옥
발행인 / 서 정 환
발행처 / 수필과비평사

출판등록 / 1984년 8월 17일 제28호
주 소 / 서울시 종로구 익선동 30-6
         운현신화타워 빌딩 2층 208호
전 화 / (02) 3675-5633, (063) 275-4000
팩 스 / (063) 274-3131
E-mail / essay321@hanmail.net

값 12,000원

ISBN 978-89-97700-24-0 03810

※ 저자와 협의, 인지는 생략합니다.
※ 잘못된 책은 바꿔 드립니다.